丘野境界
Kyokai Okano
ill. 東西
ミルク多めのブラックコーヒー
異性禁止のパーティーを作ってみたけど、
ウチのメンバー
どこかおかしい。

セルシア
ヴァーミイ
キキョウ・
ナツメ
カナリー・
ホルスティン

タイラン・
ハーヴェスタ
シルバ・
ロックール
ヒイロ

キキョウは重さを感じさせぬ動きでヒイロの身体を浮かせ、木の床に叩き落とした。
「え……？」

異性禁止のパーティーを作ってみたけど、ウチのメンバーどこかおかしい。

ミルク多めのブラックコーヒー

丘野境界
Kyokai Okano

ill. 東西

宝島社

CONTENTS

THERE IS SOMETHING STRANGE ABOUT OUR MEMBERS.

0 こんなパーティーやめてやる！

THERE IS SOMETHING STRANGE ABOUT OUR MEMBERS.

ガラガラガラ……。

森の街道を、幌《ほろ》付き馬車が三台進んでいた。

殿《しんがり》の馬車の荷台に揺られながら、どうにもやりづらいなとゴドー聖教の戦闘司祭であるシルバ・ロックールは思っていた。

収まりの悪い赤っぽい髪を、ボリボリと掻く。

原因は、荷台の反対側に座る先月から入ったパーティーメンバーの少女にあった。

「それでぇ、昨日は都市に戻るのが楽しみでほとんど眠れなかったの。それでノワ寝坊しちゃって……二人とも、ごめんね？」

すまなそうに目を伏せ、悪戯《いたずら》っぽく舌を出す少女、ノワに、金髪の軽薄盗賊と眼鏡の学者風魔術師が慌てて首を振る。

揃ってシルバの所属するパーティー『プラチナ・クロス』のメンバーである。

「いいーっていいーって、気にしないで。ちゃんと時間には間に合ったんだからさ」

「そうですよ。問題ありませんでした。結果オーライです」

「……」

何だかなーと思う。

二人はああ言うけど、間に合ったのはたまたま、護衛すべき商隊《キャラバン》の雇い主が、ノワと同じく寝坊しただけに過ぎない。

それに、口ではああ言うものの、彼女があまり反省していないのが明らかなのも妙に引っ掛かる。

が、それをわざわざ口に出すのも大人げないな、とも思うシルバだった。

しかしその自分の呆れた様子が表情に出たのだろう、盗賊テーストと魔術師バサンズに愛想を振りまいていたノワと、バッチリ目が合ってしまった。

一瞬だけ、ノワは鋭い目を、シルバに向けた。

しかしすぐに表情を和《やわ》らげ、テーストとバサンズにニコニコと微笑みかける。

「……昨日、寝不足で、ノワちょっと眠いかも」

……寝坊するほど寝てたんだよな？

シルバは内心突っ込んだ。

敢えて口には出さない。

ノワのアクビに、テーストは素早く荷袋を取り出していた。

「だったら、オレのこれ貸してやるよ。ほら、枕代わりに使って」

「じゃ、じゃあ、僕はこの寝袋を」

同じくバサンズが、荷台に寝袋を敷き始める。

「二人とも、ありがとー」

嬉しそうなノワに、男二人は蕩《とろ》けそうな表情になった。

うん、傍《はた》から見ていると、大変気持ちが悪い。

「さすがにそれはないんじゃないか、バサンズ」

荷台の中でただ一人冷《さ》めていたシルバは、寝袋の準備を終えた魔術師をたしなめた。

「何がですか？」

「仕事中だろ。仮眠するぐらいならともかく、本格的に寝るのはどうかと思う。依頼主に示しがつかないんじゃないか？」

シルバの言葉に、テーストは小さく舌打ちした。

「ったく、小言《こごと》多いなー、シルバ。大丈夫だって。依頼主は御者《ぎょしゃ》やってるし、ここを確認するなら馬車は止まるだろ。そもそも他パーティーとのローテーションで、オレ達は待機の時間だしさ」

同じく、バサンズも不満そうだ。

「そうですよ。馬車が止まったり、何か問題が発生したら、すぐに僕が起こします。外はリーダー達が見張っているんですから、敵の襲来があればすぐに分かるでしょう。第一、眠いままじゃ仕事になりませんよ」

「……寝ちゃ、駄目なの？」

そしてノワは、ぺたんと尻餅をついたまま、拗《す》ねた上目遣いの表情でシルバを見た。

「……普通、駄目だろ」

心底苦手だ、この子、とシルバは思う。

大体風紀の取り締まりみたいな真似は、自分のキャラクターではない。もっと緩いのが、本来の自分の性格なのだ。

しょうがないので、シルバは小さく印を切り、聖句を唱えた。

即座に青い聖光が、ノワを包んだ。

「あ……」

「何、どうした、ノワちゃん」

「彼が何かしたんですか？」

詰め寄る盗賊と魔術師に、ノワは目を瞬《またた》かせた。

「眠気……取れちゃった」

「『覚醒《ウェイカ》』の祝福。悪いけど、寝るのは休憩か仕事が終わってからにしてくれ。あとそこの男二人。そんな不満そうな顔するなよ」

「……空気読めよなー」

「……そうですよ、まったく」

ブツブツと、テーストとバサンズはぼやいた。

「ありがとー、シルバ君」

ふにゃっと笑うノワの様子に、テーストとバサンズがシルバに向ける視線が一層きつくなった。

「……どういたしまして」

頬が引きつるのを自覚しながら、シルバは何とか返事をした。

ノワ、お前目が笑ってねーよ、コエーよ。

その時、馬車が停止した。

一番素早かったのは、さすがというべきか盗賊であるテースト。

「敵か」

「だろうな」

次にシルバだった。

馬車から飛び出ると、森の緑の匂いが鼻を突いた。

木々の間から漏れる日差しが強い。

リーダーである聖騎士イスハータと無骨な雰囲気の戦士ロッシェは、馬に騎乗したまま既に武器を抜いていた。他の、護衛任務についている冒険者パーティーも、臨戦状態になっていた。

矢が何本か飛んできたが、負傷者は見当たらない。

「テースト！」

イスハータの声に、幌の上に飛び乗り屈んだテーストは、すぐさま気配の探知を開始した。

「……小さく、声が聞こえる。なら、敵はモンスターじゃなくて人間、おそらく山賊団だろうな。包囲網はまだ完成してねー。敵の包囲網が完成するより早く、叩いた方がいいぜリーダー」

「だな！　蹴散らすぞ、テースト！　ロッシェは皆と一緒に、商隊のみんなを守れ！」

「らじゃ！」

「了解！」

白金《プラチナ》の聖騎士と、幌から飛び降りた革鎧の盗賊が駆け去っていく。

護衛を務めるパーティーの中では『プラチナ・クロス』が一番の格上だ。

他のパーティーも馬車の周《まわ》りを固めていく。

一方、長剣を抜いたロッシェは手綱《たづな》を操りながら、次第に包囲を狭めてくる山賊達の気配を、目で射竦《いすく》めていた。

その威圧に、敵の気配はあるが、まだ出てくる様子はない。

「あわわわわ……」

雇い主である商隊長は、先頭の馬車の御者席ですっかり腰を抜かしていた。

頬のすぐ脇を、一本の矢が突き刺さっている。

「『沈静《アンティ》』」

シルバが印を切り、聖句を唱えると、商隊長の震えがようやく鎮《しず》まった。

「……は」

商隊長は目を瞬かせた。

「冷静になる聖句を唱えました。今動くと、目立ってしまいます。大丈夫ですか？」

外向きの微笑みと口調で問うと、商隊長はコクコクと頷いた。

「な、何とか。わ、我々はどうすれば……」

商隊長と話している間にも、既にシルバは作戦を立て終えていた。

「心配要りません。ウチのリーダーが正面を崩します。周りも護衛が固めています。敵の襲撃が成立する前に、突破しましょう。私が合図をしたら、馬車を走らせてください。進んだ先にはウチのリーダーがいますから、大丈夫ですよ」

「わ、分かりました」

商隊長を安心させ、シルバは御者席から離れた。

ソッと、こめかみに指を当て、呟く。

「『透心《シンツ》』」

シルバが『契約』しているパーティーメンバーの視界や状況が、頭の中に投影されていく。

『透心《シンツ》』は他者と精神を共有する、ゴドー聖教の秘奥の一つである。

本来は説法向けの技能なのだが、ある程度離れた相手とでも、会話なしで情報の伝達が可能になる。

リーダーであるイスハータとは、笛や発光弾などの必要なく連携ができるようになるのだ。

シルバは、森の正面を駆け抜けていく、イスハータに意識を集中させる。

イスハータや騎乗している馬に矢が飛んでくるが、イスハータはこれを剣で弾《はじ》いていた。

「テースト、弓手が邪魔だ。排除してくれ」

「あいさ！」

イスハータは正面の山賊達に疾駆しながら、テーストに指示を送っていた。

その時点でもう、テーストの投げナイフによって木の上から弓手が一人、落下していた。

——テーストの索敵能力は一級品。

どうやら、飛び道具に対する心配はないようだ。

そう、シルバは結論づけた。

無理に殲滅《せんめつ》する必要はない。

リーダーが敵を倒すまで、馬車を守りきればいい。

それも、そう時間は掛からないだろう。

何人かの山賊が森の中から飛び出してきているが、周りの冒険者が危なげなく倒している。

「今回はスピード勝負か。次のターン、持ちこたえれば決着だな」

そう判断して、シルバはさっきまでテーストがいた幌の上に飛び乗った。

ここが一番、周囲の状況を把握できる。

少し離れたところでは、いつの間にか馬車から降りていたノワが、斧で敵の剣を弾き飛ばしていた。

「たやっ‼」

返す刀で相手を吹き飛ばす。

「実力はあるんだよなぁ……」

本職は商人のはずだが、戦士としても充分な力量だと思う。

そのノワの後ろに従うように駆けていたバサンズが、何やら呪文を唱えようとして。

「っ……！」

突然、喉を押さえた。

「どうした、バサンズ！」

「……っ！　……っ……っ！」

苦しそうに、無言でバサンズがシルバに訴える。

『声が、封じられました！』

『透心《シンツ》』のおかげで、バサンズの状態は声に出せなくても分かった。

どうやら、呪文で声を封じられたようだ。

つまり。

「敵の魔術師――！　ロッシェ！」

最も見晴らしのいい場所に立つシルバには、魔術師の居場所はすぐに分かった。

シルバの認識と同時に、戦士であるロッシェは馬を走らせていた。

「承知！」

「薬は……治療は、俺の方が早いけど、ここは……」

ノワは商人であると同時に薬剤師でもある。

『バサンズの治療を頼む、ノワ』

念波を飛ばしながら、シルバは次の手を打った。

印を切り、神の祝福を口にする。

「『加速《スパーダ》』‼」

直後、ロッシェや遠くのイスハータの動きが一気に速まった。

「おおおおおっ‼」

魔術を発動しようとしていた敵の魔術師が、ロッシェの剣で斬り伏せられる。

後は、ノワがバサンズの治療を終わらせれば、敵を一掃できる。

「……って、いないっ⁉」

「とおっ‼」

喉を押さえて苦しむバサンズを無視して、ノワは逃げ惑う山賊達を切り倒すのに夢中になっていた。

「バサンズの治療してやれよ……ったく！　『発声《ヤッフル》』！」

幌の上から、シルバは祝福を飛ばした。

「は、ぁ……」

バサンズの唇から、声が漏れる。

「いけるか、バサンズ⁉」

「はい、ありがとうございます！　――『疾風《フザン》』‼」

魔術師バサンズが、杖を青空に掲げる。

その途端、巨大な渦が発生する。

強烈な魔力の突風に、山賊達が空高くへ吹き飛ばされていく。

どうやら、これで終わりらしい。

『シルバ、魔力は温存してテーストと一緒に索敵に集中してくれ。護衛対象の安全が最優先だ。合図を送ったら馬車を動かしてくれ』

『分かった』

イスハータから『透心《シンツ》』で指示が飛んできたので、シルバはそれに従うことにした。

リーダーであるイスハータ自身、正面の主戦力であった山賊の集団をほぼ、蹴散らし終えていた。

敵が完全に、こちらを包囲する前に叩くことができたおかげか、イスハータに目立つような負傷はないようだ。

「いいぞ、シルバ！」

刃《やいば》の血を振り払いながら、イスハータは叫んだ。

もちろん、声に出さなくてもシルバには伝わっている。

「今です！　馬車を進めてください！」

シルバの指示に、商隊長が急いで、部下達に声を掛けた。

「わ、分かった！　おい、行くぞ、みんな！」

「撤収！　バサンズとノワも乗り遅れるなよ」

ガクン、と馬車が動き始める。

しかし、バサンズとノワが追ってこない。

「おい⁉」

見ると、ノワが倒した山賊達の財布の回収をしており、バサンズもそれを手伝っているようだった。

「治療できなくてごめんね、バサンズ君！　ちょっと盗賊に囲まれちゃってて……もしかして、怒ってる？」

「い、いえいえ、そんな！　そういうことならしょうがないですよ！」

「……アイツら」

あの二人は放っておいても大丈夫だろうが、馬車の方が心配だ。

結局、シルバが馬車の殿を最後まで見張り続けることになった。

目的地である首都に着き、その夜の酒場にパーティーの面々は集まった。

酒場の薄暗い隅で料理を突つきながら、リーダーのイスハータが大きな金袋をテーブルに置いた。

「という訳で、みんなお疲れ。コレが今回の報酬だ。それじゃ分配を……」

戦闘時とは違う、柔らかな口調で袋の紐を解《ほど》こうとする。

「ちょーっと待って」

「ノワ、何か？」

少女の言葉に、イスハータは動きを中断した。

彼女は赤ワインを飲みながら、言う。

「前から思ってたけどぉ、何かこれって公平じゃないと思うの」

「というと？」

「いっぱい頑張った人と、働いてない人が同じ報酬をもらうのは間違ってると思う」

「……みんな、頑張ったと思うけど？」

イスハータは、頬から一筋汗を流した。

ノワが何を言っているのか分からないようだ。

「そうかなぁ。一人も敵を倒していない人がいるんだけど」

彼女は白魚のソテーを切り分けつつ、可愛らしく小首を傾《かし》げた。

その言葉に、全員の視線が一点に集中した。

「いや、ちょっと待てよ。俺のこと？」

米酒をチビチビと飲みながら、シルバは渋い顔をした。

しかし、ノワは朗《ほが》らかな笑みを崩さない。

「うん。ノワ、三人倒したよ？　バサンズ君、何人？」

「え。あの……ご、五人ですけど」

突然話を振られた魔術師が、眼鏡を直しながら答えた。

「うわ、すごいね！　さすが魔術師！」

わざとらしく拍手をするノワに、骨付き肉を咥《くわ》えたまま、テーストが身を乗り出した。

「お、オレだって四人倒したって！」

「リーダーとロッシェさんは戦士さんだから、もっと多いよね」

ダラダラと流れる汗をひたすら拭《ぬぐ》うイスハータと、無言でスープにパンを浸すロッシェ。

ロッシェが何も言わないので、イスハータがシルバを庇《かば》うしかない。

「ま、まあ、そりゃ……しかしだね、ノワ。戦いっていうのは、敵を倒すのがすべてという訳じゃないんだ。シルバは、やるべきことはやっている」

「でも今回、シルバ君、全然馬車から動かなかったよね。バサンズ君みたいに、呪文で敵をやっつけてもいないし」

ふむ、とシルバは杯をテーブルに置いた。

幾分乱暴な音が鳴ったのは、酔いのせいだけではないはずだ。

「……なるほど。ノワからすると、そう見える訳か」

シルバは軽く息を吐くと、意地悪そうな視線をイスハータに向けた。

「んで、どうするんだ、イス。リーダーとしての意見を聞きたい」

その言葉に、グッとイスハータは詰まった。

「お、お前はどうなんだ、シルバ？」

「わざわざ口にしなきゃ分からんほどアホなのか、お前は？」

心底呆《あき》れたシルバだった。

確かに今回の作戦、シルバは一人も敵を倒していない。

『透心《シンツ》』を常時使っているとはいえ、傍目《はため》から見れば幌の上から『加速《スパーダ》』と『発声《ヤッフル》』の二つの祝福を与え、指揮しているだけにしか見えないかもしれない。

それ以外にも、パーティーの荷物や共同資金の管理はシルバの担当だし、冒険前の必要資材の買い出しや朝一《いち》での冒険者ギルドでの依頼の確認も、率先してやってきた。

それが自分の仕事だという誇りが、シルバにはあった。

しかし。

「……ちょっと待ってくれ」

イスハータは目を逸《そ》らし、即答しなかった。

「……」

どうやら、自分なりに貢献してきたと思っていたのは、シルバだけのようだった。

いや、違う。

ちょっと前までなら、悩むこと自体ナンセンスな話だったはずだ。

「ぶー」

元凶であるノワは、頬を膨らませて不満そうにイスハータを見ていた。

シルバがイスハータを促そうとした時だった。

「な、なあ、タンマだ。リーダー、シルバ、少し話がある」

腰を上げたのは、テーストだ。


「あ？」

テーブルを少し離れて、シルバはテーストの提案を聞いた。

ノワだけがテーブルに残り、他は全員がシルバを取り囲んでいた。

ノワは一人、退屈そうに晩餐を味わっているようだ。

「……何だって？」

思わず、耳の穴の掃除をしたくなったシルバだった。

「それで我慢してくれよ、シルバ。それで丸く収まるんだって」

パン、と手を合わせるテースト。

テーストの話は単純だった。

つまり、一旦《いったん》ノワの言い分を聞いて、彼女の言う『分配』を行う。

シルバを除いた五人で、報酬を分け合う。

そして彼女がいなくなってから、テーストやイスハータの取り分を集め直し、本来のシルバの取り分を渡すということにしたいらしい。

「……アホか」

シルバとしてはそう言うしかない。

賭けてもいいが、この話は今回一回だけに留まらない。

今後の仕事では、そのやり方が罷《まか》り通ってしまうだろう。

少しでも考えれば分かる話だった。

ところが。

「いや、しかし、彼女の言い分にも一理……」

イスハータが真剣な表情で検討を開始したので、シルバは思わず彼をぶん殴りそうになった。

「一理もねーよ！　前衛職と後方支援を同列で語ってる時点で、どー考えたっておかしいだろ⁉」

少し離れたテーブルを指差し、シルバは叫んだ。

「しっ、声がでかい！　と、とにかくだ、今の話でひとまず我慢してくれないか。な、シルバ？」

何とかシルバをなだめようとするイスハータ。その行為そのものが、さらにシルバを苛立《いらだ》たせる。

「シルバ……」

「ぼ、僕も賛成です。ナイスなアイデアじゃないですか」

ロッシェとバサンズも、いつの間にか相談の輪に加わっていた。

バサンズが弱々しく両拳を握りしめ、テーストがその勢いに乗る。

「だろ？　お前もそう思うだろ？」

「僕達だって、回復の重要性は分かっている。ここは堪《こら》えてくれ、シルバ。報酬自体は実質、変わらないんだ」

眉を八の字にしながら、イスハータはシルバの肩に手を置いた。

続いて、ロッシェもボソリと呟いた。

「……俺もそう思う」

「……ロッシェ。お前もか」

「……」

シルバの問いに、ロッシェは気まずそうに目を逸らした。

「ねー！　もういい？　ノワ、早くお風呂入って眠りたーい！」

足をバタバタさせながら、テーブルに一人残っていたノワが声を掛けてきた。

「じゃ、じゃあ、そういうことで……」

シルバが返事もしない内に、イスハータの中では結論が出たらしい。

いや、シルバ以外の全員か。

シルバは、心の底から失望した。

「そういうこともへったくれもあるか、このド阿呆《あほう》ども」

吐き捨てるように言うと、シルバは仲間達が止める間もなく早足でテーブルに戻った。

そして乱暴にテーブルを叩いた。

「俺は今日でこのパーティーを抜ける。それで満足か？」

「え？」

目を瞬かせる、ノワ。

しかし驚いた振りなのは、あからさまだった。

シルバは、ノワから、背後のリーダー達に視線を移した。

「俺の分の報酬は手切れ金代わりにくれてやる。パーティーの予算で買った装備や道具も部屋に置いておくから、あとで適当に回収しとけ。ほらイスハータ、共同資金の金庫の鍵だ。受け取れ。……お前らは仲良しパーティー続けてろ。じゃあな」

そして、テーブルに背を向けて、自分の部屋へ戻ることにした。

「やってられるか」

その背に、ノワの声が掛けられた。

「シルバ君」

「あ？」

「ばいばーい」

ノワが無邪気に勝ち誇り、シルバにヒラヒラと手を振った。


その夜の内に、シルバはパーティーの泊まる宿をチェックアウトした。

そして友人が用心棒をする別の酒場で、やけ酒をあおっていた。

「心っ底ムカつくっつーの、あの女《アマ》！」

ダン、とカウンターに空のジョッキが叩き付けられる。

「災難であったなぁ」

隣に座るシルバの友人、キキョウ・ナツメはうんうんと頷いた。

黒髪に着物という、この国では珍しい凛々《りり》しい風貌の剣士だ。

ここ、辺境の都市国家アーミゼストから遥か東の彼方にある島国・ジェントの出身である。

この世界に『魔王』が復活して数十年。

十何度目かの討伐軍の派遣と共に、古代の失われた技術で作られた武器や防具の発掘も進められてきた。

ここアーミゼストは、多くの遺跡が眠る遺物《アーティファクト》・ラッシュの真っ直中にある。

キキョウは、なりゆきでこの地に留まることになったようだが、荒々しくも景気のいいアーミゼストを気に入っているらしい。

「ふーっ！」

怒りのせいで、今のシルバは赤ら顔のまま飲むことにしか集中できないでいる。

「どうどう。落ち着くがよい、シルバ殿。今日は某《それがし》のおごりだ。金は気にせず、心ゆくまで飲め」

「……悪い」

「何の。短いとはいえ、それなりの付き合いではないか」

パタパタとふさふさの尻尾を振るキキョウ。頭の狐耳もピコピコと揺れていた。

キキョウは人間ではなく、一般に亜人と呼ばれる種族だ。アーミゼストや周辺国では、その中でも獣人という種族がキキョウに近いが、本人の談によると厳密には違うらしい。

冒険者稼業においても、種族の違いから人間は人間、亜人は亜人とパーティーを組むことが多いが、シルバはあまり気にしていない。

キキョウは獣人でもいい奴だし、ノワは人間でも気に入らない。

まあ、そういうことだ。

なんてことを考えていると、酒場の片隅で、何やら騒ぎが起きていた。

「何でさー！　入れてくれたっていいじゃないかー！」

怒鳴り声というにはやや迫力の欠ける幼い叫びが、響き渡る。

声の主は鬼族《オーガ》の少年だか少女のようだった。

そしてそれをからかっているのは、酔った中年の冒険者パーティーらしき一団だ。

「だってお前、チビじゃねーか。鬼族《オーガ》っつったら、屈強な筋肉持っててナンボだろ？　んな小柄な鬼族《オーガ》なんて、戦力になんねーよ」

「そーそー。そっちのデカいのなら、役に立ちそうだけどなー」

鬼族《オーガ》の子どもと一緒にいるのは、青い全身甲冑に身を包んだ巨漢だった。

けれど、彼は中年冒険者の誘いに首を振っていた。

「わ、私はヒイロと一緒がいいです……」

性別の分からないエコーがかった声は、微《かす》かに震えていた。

その様子に、周りの仲間達が嘲笑した。

「やめとけやめとけ。雰囲気で分かるだろ。ナリこそ立派だが、中身は臆病者《チキン》だ。ははは、腰が引けてんじゃね……ぐべえっ！」

最後まで言い切る前に、冒険者の一人がヒイロと呼ばれた鬼族《オーガ》の子に顎を蹴っ飛ばされていた
「タイランを馬鹿にするなーーーーーっ‼」

「野郎、やりやがったな！」

「このチビ助が！」

「チビ言うなあっ！」

乱闘が始まった。

シルバはちょっと仲裁に入るべきか考えたが、キキョウが首を振った。

「これは、某の仕事だ。すぐに戻るのである」


スッとキキョウは席を立つと、スタスタと乱闘の中に踏み込んだ。

「そこまでにするのである。食器や備品が壊れれば、弁償であるぞ？」

「邪魔すんじゃねえよ、色男！」

酔っぱらいの一人が、キキョウに殴りかかった。

「邪魔ではない、仕事なのである」

キキョウは身体を沈めたかと思うと、酔っぱらいの足を払った。そしてその首筋に手刀を叩き込み、昏倒させる。

そして、手の届く範囲の酔っ払いを同じ要領で次々と気絶させていった。

「残るはあの二人であるな。お主はもう少し下がっているとよいのである」

キキョウは、ヒイロという鬼族《オーガ》の子からタイランと呼ばれていた全身甲冑の巨漢に声を掛けた。

「は、はい……すみません」

頭に血が上っているのだろう、ヒイロという鬼族《オーガ》の子がキキョウに拳を振るおうとした。

「邪魔、すんなーっ！」

「某とシルバ殿の酒を邪魔しているのは、お主らの方であるぞ」

その腕に手を添えると、重さを感じさせぬ動きでヒイロの身体を浮かせ、木の床に叩き落とした。

いや、その直前に腕を引いたのだろう。ほとんど音は鳴らなかったし、ヒイロ自身痛みなど微塵も感じなかったはずだ。

「え……？」

「床が壊れては、某が弁償することになるのでな。さて、そちらはまだやるのであるか？　できれば河岸《かし》を変えてもらいたいのであるが」

キキョウは、リーダーらしき中年冒険者に声を掛けた。

「お、俺達が悪かったよ。おい、勘定だ！」

昏倒していた他の冒険者達も目を覚まし、彼らは酒場を出て行った。

「うむ。平和的に解決して、大変結構なのである。お主達も、静かに飲むように」

キキョウは、ヒイロとタイランに言うと、カウンターに戻った。

「相変わらず、見事だなー……あ、マスター麦酒おかわり！」

「何、ただ仕事をこなしただけなのだ」

シルバに言われ、キキョウはクールに返した。

しかし、尻尾がぶんぶん揺れているので、色々と台無しであった。

「しかし、今後どうするのだ、シルバ殿？　その、働き口のアテはあるのか？　も、もしよければ……」

ドン、とシルバの前に麦酒の注がれたジョッキが置かれた。

それを煽《あお》りながら、シルバはヒラヒラと手を振った。

「あー、そりゃ多分問題ない。回復役は、冒険者稼業にゃ必須だからな。その気になれば、何とでもなると思う」

「そ、そうか。それは何より」

何だか残念そうな、キキョウだった。

「まー、我ながら短気だとは思うよ。けどよー……何か違うだろ、アレはー……」

ジョッキの半分ほどになった中身をチビチビ飲みながら、シルバはぼやく。

「うむうむ。何というか、長くないな、そのパーティーは」

「だろー？　次に入るパーティーはこー……アレだな。女いらねー。やだよもー、あんなの」

「はは、それはそれで極端ではあるなぁ。にしても、よほどの美女だったと見えるな、そのノワという少女は」

「んー、まあ、そだなー。外見は悪くないぞ、確かに。アイツらがコロッと落ちるのも分かる」

「しかし、シルバ殿は落ちなかったではないか」

「んんー……別にそれ、俺が人格者だったからとか、そんなんじゃねーぞ」

「というと？」

「ウチの実家な、上に三人、下に四人」

「……何が？」

「姉と妹」

「……な、なるほど。ならば、女の本性を見抜けるのも道理かも知れんな」

「まーさー、同じパーティーに異性が混ざると、多かれ少なかれ、そういう問題ってのは発生するよな」

「む、む……まあ、それは確かに。某も心当たりがないでもない」

キキョウの凛々しい外見は人目を引く。特に若い女性ともなれば、言い寄ってくる者は数多いのだ。

「だろー？　キキョウ、格好いいしー」

「むぅ……格好いいか」

どことなく、不満そうなキキョウだったが、酔ったシルバはそれには気付かない。

「男女の仲を否定はしねーよ。それでいい関係になることだってあるだろうし、悪いことだけじゃねー。けど、俺は嫌。少なくとも、当分は勘弁。そーゆーの抜きで仕事させてくれ」

「な、ならばだ」

パン、と両手を打つキキョウ。

「うん？」

「シルバ殿自身がパーティーを作ればよいのではないか？　女人禁制のパーティーだ」

「お、そりゃ名案だな」

「そ、某も及ばずながら助力しよう。事情を知っている人間の方が、シルバ殿も何かと動きやすかろう」

何故か、キキョウは強く握り拳を作りながら言う。

「んんー……でもよ、キキョウ。お前さん、誰とも組まないって有名だったんじゃなかったたっけ。それに、今の用心棒の仕事はどうすんのさ」

シルバの問いに、キキョウは肩を竦《すく》め、唇を尖らせた。

「べ、別に誰とも組まない訳ではない。ただ単に、これまでその気がなかっただけだ。獣人というのは、奇異の目で見られるしな」

「そっかー？　ウチの故郷じゃ珍しくなかったから、よく分からねーけど……」

「それに、ここの用心棒も、今週で契約が満了である。これも問題はない」

腕組みをしながら、キキョウは真っ赤な顔で俯《うつむ》いた。

「な、何より某は剣客故、役割的に後方支援が必要なのはいうまでもない。某は、回復術など使えぬからな。シルバ殿と手を組めるならば、その、互いにとって益があると言うモノ」

「そっかー、助かるなぁ」

「では、よろしいか⁉」

キキョウは勢いよく身を乗り出した。

「いやいや、こっちこそよろしくなー」

「うむ！　うむうむ！」

スゴイ勢いで尻尾を揺らすキキョウだった。

「まあ、剣士が入ってくれるのは助かるかな。あと、司祭の俺だろ、んー……じゃあ他に、前衛で戦士職二人とー、後衛で盗賊と魔術師が欲しいかねえ……」

「ふぅむ、冒険者ギルドでパーティーメンバーを募集するべきであろうか？」

そこに。

「はいっ！　その話、ボクらも乗っていいかな？」

キキョウの背後から、何だか聞き覚えのある幼い声がした。

「む？　——ぬおっ⁉」

振り返ったキキョウは、思わず椅子からずり落ちそうになった。

巨大な壁のような存在が、キキョウを見下ろしていた。

いや、壁ではない。青銀色の全身甲冑に身を包んだ、重装兵だ。

さっきの騒ぎの中、立ち尽くしていた……タイランという名前だったか。

「す、すみません……驚かせてしまいました……か？」

「い、いや、こちらが勝手にビックリしただけだ。こちらこそ、すまぬ」

「デカいよねー」

今度は、最初にキキョウ達に声を掛けてきた、あの幼い声だった。

重装戦士を見上げていたので気付かなかったが、小柄な少年がその手前にいたのだ。

確かヒイロといったか、背中に大きな骨剣を背負った、中性的な雰囲気の少年だ。

栗色の髪の中から二本角が現れているのは、鬼族《オーガ》と呼ばれる種族の特徴である。

「ボクも初めて見た時は、超驚いたけど。あ、ボクはヒイロ。見ての通りの鬼族《オーガ》。後ろにいるのは動く鎧《リビングメイル》のタイランだよ。お兄さんすごく強いんだね！　さっきのボク、ビックリしたよ。あ、騒ぎを起こして、ごめんなさいでした！」

人懐っこい笑みを浮かべるヒイロに、キキョウはふむ、と頷き返した。

「気にせずともよい。ふむ、鬼族《オーガ》のお主はともかく、動く鎧《リビングメイル》とは珍しいであるな。某はキキョウ・ナツメ。狐獣人の剣客だ。こちらで酔い潰れる寸前なのが、シルバ・ロックール殿だ」

カウンターに突っ伏したシルバに、ヒイロは視線をやる。

「ほうほう。で、鬼《オーガ》でも入れるかな、その新しく作るパーティーって？」

「んー？　お前、男か？　女は禁止だぞー」

酔った目で、シルバはヒイロを見た。

「見ての通りだよ？」

ブレストアーマーに短いズボン。

男にも見えるし、活動的な女の子にも見えないことはない。

がまあ、男だって言うのならいいか、とシルバは回らない頭で考えた。

「……んじゃ、おっけ。……そっちのおっきいのも？」

「は、はい。タイラン・ハーベスタと申します。私も、よければその、パーティーに加えさせて頂けると助かるのですが」

大きな身体に似合わず、どこか遠慮がちに甲冑の戦士――タイランは言った。

「……男？」

「み、見ての通りです」

ヒイロに倣《なら》って、微妙な言い回しをするタイランだった。

「……じゃあ、よし」

シルバの許可に、小柄なヒイロと超大柄なタイランが両手でタッチを決める。

「やった！　良かったね、タイラン」

「はい」

喜ぶ二人とは対照的に、何とも言えない表情になっていたのはキキョウだった。

「む、むう……」

唸るキキョウに、ヒイロが不思議そうに首を傾げた。

「どうしたの、キキョウさん。難しい顔して？」

「い、いや、何でもない。うむ、これで良いのだ」

自分を納得させるように何度も頷き、キキョウは自分の酒を少し口に含んだ。

「……微妙に残念ではあるが、それではシルバ殿への裏切りになるしな、うむ。これでよかったのだ」

そう呟くキキョウの言葉は、誰にも届くことはなかった。

「あ、そうだ。キキョウ、これ返すの忘れてた」

シルバは、腰につけていた道具袋を外した。

元々これは、キキョウが厚意で貸してくれていたのだ。

キキョウはそれを受け取りはしたものの、首を傾げた。

「む？　おお、そういえば貸したままであったな。別に持っていてくれても構わぬのだが」

「だとしても、一旦はそっちに戻すのが筋だろ。いや、本当に助かった。これがなかったら、探索かなり辛かっただろうからな」

「それは何より。では、再びこれはシルバ殿に預けよう」

「……まあ、この面子《めんつ》の中じゃ、俺が持ってるのが一番無難そうだな」

シルバは、キキョウに渡したばかりの道具袋を、再び受け取ることになった。

そして、新しいパーティーとなる面子を見渡した。

「前衛三に、後衛一であるからなあ」

苦笑いを浮かべる剣士のキキョウ、明らかにパワーファイターであるヒイロ、そして重装兵のタイラン。

荷物の保管は、シルバがした方が良さそうだ。

「リュックだったら、ボクも持ってるけど？」

ヒイロは、床に置いているフライパンや薬草を吊した大きなリュックを指差した。

「ヒ、ヒイロ、あれは普通の道具袋じゃないんですよ……おそらく、その……マジックバッグの類《たぐい》です」

「マジックバッグ？」

「……見かけよりもいっぱいモノが入る、収納魔術の施されたバッグで、すごく高いんです」

タイランの言う通り、この道具袋は中が亜空間となっていて、小さな見た目からは想像もできないほど、大量の荷物が入るのだ。

口も大きく開き、その気になれば倒したモンスターの死体も、そのまま入れられる優れものだ。

「まあ、従姉妹《いとこ》の手製故、買った訳ではないのであるが」

「何か、時空魔術を使う従姉妹がいるらしいんだよ」

恥ずかしそうにするキキョウに、シルバは言葉を付け加えた。

ふむふむ、とヒイロが頷く。

「あまり公言はしないことにしているのだ。……それをアテにして自分にも作ってくれと集ってくる輩も多い故な。もっとも、ここは某の故郷であるジェントからはずっと遠いので、言ったところでどうにかなるモノではないが。二人ともあまり大っぴらには、話さないでもらえるだろうか？」

「もちろんだよ！」

「は、はい……その道具袋だけで、一財産ですからね」

ヒイロとタイランも、了解した。


「……やられた」

ノワの泊まる宿の部屋には、大量の荷物が積まれていた。

雑に山となって……はおらず、衣服、化粧品、道具類、生活用品、武器とちゃんと整理されて、置かれている。

しかしそれでも量は多く、足の踏み場もないほどだ。

出ていったシルバ・ロックールが、ノワから預かっていた荷物を返したのだ。

それはいい。

それは、分かっていたことだ。

ただ、ノワは一つだけ計算違いをしてしまった。

つい先刻交わした、バサンズとの会話を思い出す。

「え、あれ言ってませんでしたっけ？　はい、あの道具袋はパーティーの共用物ではなくシルバの私物でしたよ……ノ、ノワさん、どうしたんですか？　何だか笑顔が怖いんですけれど……それでお話ししていた、道具類の管理は確かに商人であるノワさんが一番向いて……ノワさん、ねえちょっとどうしたんですか⁉」

ノワは、部屋の壁に拳を打ち付けた。

壁は軋《きし》みを上げ、ヒビが入った。

「やってくれたなあ……シルバ君……人の『獲物』を奪うなんて、絶対許さないんだから……」

目だけが笑っていない笑顔のまま、ノワは小さく呟くのだった。

初心者訓練場にて

THERE IS SOMETHING STRANGE ABOUT OUR MEMBERS.

辺境都市アーミゼストは、いわば冒険者達の拠点であり、様々《さまざま》な施設が存在する。戦士達のための道場、数多《あまた》の学者や魔術師のための学習院、様々な宗教施設にその仲介的な場所であるセルビィ霊域等々。

そして冒険者用の訓練場は、辺境だけあって数と広さだけはやたらにある。

その中の一つ、初心者用訓練場で、ささやかな事件が発生していた。

青空に、高らかに戦士が舞った。

「おっしゃあっ！　これで十九連勝！」

大柄な戦士の高らかな勝名乗りと共に、敗者が草原にどう、と倒れ落ちる。

「くっ……」

顔を青ざめさせ、唇の端から血を流しながら、パーティー『アンクルファーム』のリーダー、カルビン・オラガソンは呻《うめ》き声を上げた。

それをダブッとした魔術師の法衣に身を包んだ、小柄な少年——ネイサン・プリングルスは見下ろした。

陽光に、眼鏡がキラリと反射する。

「まあ、レベルが違うからね。残念無念。リベンジしたければ、もうちょっと強くなってからおいで。あと、言うまでもなく僕達の勝ちだ。賭けに勝った分のお金は、回収させてもらうよ」

カルビンの懐から財布を抜き取ると、ネイサンは身を翻《ひるがえ》した。

それに、大柄な戦士――ネイサンの弟であるポール・プリングルスを含めた五人の仲間が続く。

「ま、待て……」

カルビンが呻き声を上げたが、全身に回った毒が起き上がることすら許さない。

振り返ったネイサンはカルビンを見下ろし、せせら笑った。

「待つ理由がないよ。君達はもう用済み。ま、せいぜい頑張って傷を癒すんだね」

ヒラヒラと手を振り、丘を下る。

この辺りはなだらかな勾配がある、草原地帯だ。

「おい兄貴。アレがラストだよな」

ポールの指差した先を、ネイサンは追った。

そこでは一組のパーティーが、訓練を積んでいた。

「ああ、本命だ。雑魚《ざこ》相手に身体も温まってきたし、そろそろ仕掛けようか」

「しかし……それほど強くも見えねーけどな」

「うん、確かに。でも油断はするなよ。ああ見えてあの司祭、白銀級の冒険者なんだからな」

白銀級冒険者は、上級冒険者とも呼ばれている。

この辺境都市アーミゼストでも一握りしかいない存在であり、当然、それなりの実力の持ち主なのだ。

青空に、高らかに司祭――シルバ・ロックールが舞った。

そのままどう、と草原に倒れ落ちる。

「……すごいなぁ、リーダー」

「……わ、私も驚きました」

倒れたシルバを見下ろしたのは、昨日新しくパーティーを組んだばかりの面子二人だった。

呆れた声を出したのは、鬼族《オーガ》の戦士・ヒイロ。

心配そうにしているのが、巨大な甲冑の重装兵・タイランだ。

彼らは口を揃えて言った。

「『まさか、こんなに弱いなんて』」

その言葉に、シルバはたまらず起き上がった。

「だから俺は戦闘力皆無だっつったただろーが‼」

とはいえ、ダメージはまだ抜け切れていない。

その気になれば回復術で一気に復帰することもできるが、殴り飛ばされるのも五回目ともなると、いい加減精神的に起き上がるのも億劫《おっくう》になるというモノだ。

収まりの悪い髪を掻きながら、シルバは胡座《あぐら》を掻いた。

その正面に、ヒイロはしゃがみ込む。

「いやまー確かにそうは言ってたけど、先輩って司祭様だよね。教会って護身術とか教えてなかったっけ？　ほら、格闘《かくとー》とかメイスとか」

無邪気な瞳と目が合い、シルバは気恥ずかしさに顔を逸らした。あと、短パンから覗く白い太股がやたら眩《まぶ》しいのも、理由の一つだったりする。

「……教えてるけど、俺は教わってないんだよ」

「……先輩、よくこれまで生き残ってこれたよね？」

「心底哀れむような目で言うなよ！　落ち込むだろ！」

そこに、着物姿の青年が口を挟んだ。

「ハッハッハ。冒険は何も一人でするモノとは限らぬよ」

「キキョウさん」

ヒイロが振り返る。

「シルバ殿は確かに弱い。だが、とても頼りになるのだ。それは某《それがし》が保証しよう」

「はぁ。まあ、キキョウさんの言うことなら」

ヒイロが立ち上がり、つられるようにシルバも腰を上げた。

「……ふむ、シルバ殿、ちょっとよいか」

「何だよ」

手招きされ、シルバはキキョウに近付いた。

ヒイロは待つのが苦手なのか、タイランと打ち合いを開始する。

キキョウはそのヒイロ達に気付かれないように、シルバに囁いた。

「どうもヒイロの奴、某とシルバ殿とで態度が違うような気がするのだが……」

「いや、見りゃ分かるだろうが、そんなの」

「むぅ……」

キキョウは納得がいかないようだ。

名前すらまだ定まっていないパーティーが結成されたのは昨日のこと。

一応、冒険者としての経験が一番豊富なシルバがリーダーということになり、キキョウがサブリーダーに収まった。

今日は、新参であるヒイロとタイランの実力を見るため、この初心者用訓練場を訪れたのだった。

二人は、このアーミゼストを訪れてまだ三日、冒険者ギルドに登録したての青銅級からのスタートである。

冒険者ギルドのランクは青銅、黒鉄、赤銅、鋼鉄、白銀、黄金、真銀と高くなっていき、真銀となると世界でも数人程度、存在自体が疑われる伝説級であり、現実的には黄金がトップランカーとされている。

位を上げていくには、冒険者ギルドでの実績や試験を受ける必要がある。

『プラチナ・クロス』に所属していたシルバは白銀級、冒険者ギルドに登録してはいたものの、基本は用心棒稼業をしていたキキョウは鋼鉄級である。

「ま、今んトコ、いいトコ見せてないからな、俺。しょうがないだろ」

実際、シルバがやったことと言えば、ヒイロとタイランに殴られては自前で回復しているだけだ。

これでは評価が低くても無理はない。

「ではすぐに、そのいいところを発揮させようではないか」

握り拳を作って力説する、キキョウだった。

「いや、キキョウが張り切ってどうするんだよ」

「某は、シルバ殿の評価はもっと高くてもいいと思うのだ。謙虚は美徳ではあるが、過ぎると不当な扱いを受けることになる」

うんうん、とキキョウは一人頷く。

「まー、それはつい先日、思い知ったがな」

おかげで、前のパーティーを抜ける羽目になった、シルバだ。

「う、むう……しかし、それがなければ、シルバ殿とパーティーもいつまでも組めず……むむぅ、難しいところだ……」

「つーかね、俺の力ってのは、単独だとあんまり意味ないんだよ。団体戦じゃないとな」

「それは、確かに分かるのだ」

シルバの力は、後方支援特化型。

誰かと組んで初めて発揮されるのだ。

次は二対二に分かれて、模擬戦でもやるかなと考えるシルバだった。

それから、打ち合っている二人（といっても、明らかにヒイロが優勢で、タイランは防戦一方）を眺めた。

「あの二人、キキョウはどう見る？」

シルバの問いに、うむとキキョウは頷いた。

「よい戦士だと思う。ただ、どちらもバランスが偏《かたよ》ってはいるように見えるが」

「具体的には」

「ヒイロの攻撃力は、随一であろうな。あの剛剣、まともに受ければ某でもタダではすまぬ」

ヒイロの武器は、小柄な体躯に似合わぬ巨大な骨剣だ。

切るよりもむしろ叩き付けるイメージの、鈍器に近い武器である。

鬼族《オーガ》でなければ、まともに振り回すことも難しいだろう。

「まあ、キキョウがまともに受ければ、だけどな」

「然《しか》り」

にやり、とキキョウは笑った。

それから、不意に真顔になった。

「しかし、いささか攻撃に傾倒しすぎるな。体力にモノを言わせての突進は大したモノだが、消耗が激しい。いわゆる狂戦士《バーサーカー》タイプなのである」

「俺の見立てでは、魔術抵抗にも若干の不安を覚えるかな。まあこれは、鬼族《オーガ》っていう種族的な特性なんだけど」

「ふぅむ」

鬼族《オーガ》は近接戦闘においては、圧倒的な力を誇る。

その反面、やや単純な性格も災いして、魔術や精神攻撃には少々弱いという短所もあるのだ。

「それでも、パーティーの攻撃の要《かなめ》は、か……アイツになりそうだな」

「であるな」

うむ、と頷くキキョウ。

だがシルバは、朗らかに笑いながら大剣を振るう仲間を『彼』と呼ぶ事に一瞬違和感を覚え、アイツと言い直した自分に困惑していた。

いや、つーか……本当に男か？　と、首を傾げざるを得ない。

とはいえ、この都市では男装している人物相手に、性別を聞くのはマナー違反とされる。冒険者には荒くれ者が多く、自衛のために男の格好をする女性が多いのがその理由だ。

だから、仮にヒイロがグレーだとしても、シルバとしては聞く訳にはいかない。

シルバが作ったこのパーティーは、前回女性絡みで脱退した反省から原則女人禁制としているが、実はシルバにとって一番重要なのは性別ではない。

えらそうな言い方をすると、プロ意識があるならばそれでいい。

突き詰めるとそれだけであり、それすら見失っていたからこそ前のパーティーを抜けたのだ。

絡んでくる悪意

THERE IS SOMETHING STRANGE ABOUT OUR MEMBERS.

新しく入ったヒイロの攻撃はすさまじく、重装兵であるタイランが斧槍で受け止める度《たび》に派手に火花が散っていた。

頬を引きつらせながら、シルバはそれを眺める。

「……つーか、あの攻撃を受けまくって、よく生きてたな俺」

「う、うむ。さすがに某《それがし》も、気が気ではなかったぞ。どんな手品を使ったのだ」

「手品じゃねーよ。戦う前に待ってもらって『再生《リライフ》』と『鉄壁《ウオウル》』を掛けといたんだ。いや、それでも一撃喰らう度に、体力ギリギリだったんだけどな。結局最後倒れたし」

なお、『再生《リライフ》』はダメージを受ける度に即座に回復する祝福、『鉄壁《ウオウル》』は防御力を高める魔術である。

キキョウは眉を八の字に下げた。

「……あまり無茶をしないでもらえるか。まだ、パーティーの名前すら決まらないうちに、リーダーにくたばられては、困るのだ」

「はは……それじゃもう一人、タイランの評価はどうだ」

「防御力特化型、ヒイロとは好対照な戦士であるな。あの重厚な鎧を貫ける者はそうはいないであ

楽になるのだが」

「やはりまともにやれば、難しいといったところであろう。シルバ殿が手伝ってくれると、かなり楽になるのだが」

「キキョウなら、どうだ？」

ろう」


キキョウがチラッと横目で、シルバを見た。

キキョウは、スピードを重視した一撃離脱戦法や多段攻撃を得意としている。

多勢相手の攻めは得意中の得意だが、一撃の重さではヒイロが勝ると見ていい。

ただし、それもキキョウとヒイロの一対一ならばだ。

威力が足りないならば、足せばいいのである。

「おだてても、何も出ねーぞ」

「はっは、本音なのだがな」

笑うキキョウ。

シルバはそれを見てから、たどたどしくヒイロの猛攻を受け止めるタイランの動きを観察した。

「あんまり、慣れてなさそうだよなー」

「うむ。それは某も感じた。シルバ殿も分かるか」

「これでも、軍やそれなりの腕を持ったパーティーに参加してたんでね」

シルバは肩を竦め、キキョウも頷いた。

「故に、若干攻撃と防御の切り替えに不安がある。まず、致命的なのは、その動きの鈍さだろう。アレでは、敵に攻撃を当てるのが難《かた》く、逆は易《やす》い」

「けど、だからこそ、あの二人は組み合わせれば強いと思う」

「うむ」

攻めのヒイロに、受けのタイラン。

タイランの動きがもう少し速ければ、ツートップでいけるだろう。不安があるとすれば、ヒイロがどこまでも突撃しそうな感じがする点だろうか。

「ま、大体の連携はイメージできたかな」

うん、と頷くシルバに、何故かキキョウが焦った。

「待て、シルバ殿」

裾を引っ張り、シルバを睨む。

「な、何だよ」

「そ、某の評価が済んでおらぬ」

「いや、何を今更」

「今更も皿屋敷もない。ふ、二人だけ見て、某を論じぬのはズルイではないか」

「そ、そうか？」

「そうだ！　シルバ殿の中での、某の位置づけがどの辺りにあるか、大いに気になる！」

何故か、顔を赤らめながら力説するキキョウだった。

「んー、つーか参ったな」

どうしたモノかなーと思いながら、結局シルバは思ったままを言うことにした。

「キキョウはスピード重視の攻め方が得意だろ。相手を引っ掻き回すのが多分メインの仕事になると思う」

「ふむ。それでそれで」

「もちろん、そのまま敵を倒してもいいけど、一番の役どころは敵を引きつけること。そうすれば、ヒイロが威力のある一撃を放てる」

「某が転がし、ヒイロが叩く。回復はシルバ殿。ふむ、カマイタチだな」

「……何だ、それ」

聞いたこともない単語だった。

「うむ。某の国に伝わる、風の精霊の一種だ」

「けどそれ、タイランが抜けてるんだけど」

カマイタチには、入れないのだろうか。

仲間はずれも可哀想だと思う、シルバだった。

「……タイランは、強《し》いていえばヌリカベではなかろうか」

これもまた、聞いたことのない単語だった。

「……何か、えらく鈍《どん》くさそうな名前じゃないか、それ」

「う、うむ」

「んじゃま、ちょっと飲み物買ってくる。キキョウは二人の相手をしといてくれ。俺が戻ったら休憩して、それから二対二の模擬戦にしよう」

「うむ、心得た」

シルバの背を見送り、キキョウはヒイロとタイランに近付いた。

「さて、二人とも。某が直接、貴公らの腕を見よう」

「はい――な⁉」

「あ、あの……この魔力は、その、一体……」

すらりと刀を抜くキキョウの、尋常ならざる気配に二人が後ずさる。

「魔力？　ああ、微妙に違うな。これは妖力だ。何、遠慮は要らぬ。全力で掛かってくるがいい。どうせ、一撃も当たらぬからな」

「あ！　そういうこと言う⁉」

キキョウの軽い挑発に、好戦的なヒイロはあっさりと乗った。

「だったら手加減無用だね」

ぶん、と大骨剣を振りかぶる。

「最初に言っただろう。遠慮は要らぬと」

キキョウはニコニコと笑顔のまま、何かスゴイ迫力をヒイロに叩き付けていた。

「……貴公らの、シルバ殿を軽んじるような発言、某は見過ごさぬ」

笑っていたが、目が据わっていた。

タイランは、控えめに鉄の手を挙げた。

「……わ、私は、お、お手柔らかにお願いします」

「全力で掛かってこいとも言った」

「ひいっ⁉」

……そして、キキョウが言った通り、ヒイロとタイランはただの一つも攻撃を当てることができず、その場に突っ伏すことになったのだった。


売店は、訓練場の入り口にあり、シルバ達の稽古場所からはやや遠い。

ノンビリ歩きながら、シルバはパーティーの動きを頭で組み立てていた。

「三人とも前衛なのが、悩みどころだな……盗賊がいないんじゃ、遺跡に潜《もぐ》ってもなー……」

「ああ、いたいた。ちょっと君」

「ん？」

声を掛けられ、振り返った。

そこには、小柄な魔術師とその仲間らしき屈強な戦士達がいた。

「さっきの練習見てたよ。よければ僕達と模擬戦をしようよ」

友好的な微笑みと共に、魔術師の少年が言う。

しかし、シルバは首を振った。

「いや、悪いな。残念だけど遠慮しとくよ」

「え、どうしてさ？」

「そっちは六人、こっちのパーティーは四人しかいないんだ。バランスが取れないだろ？」

「あらら、それじゃ困るんだ」

「困る？」

笑顔を崩さないまま、少年は言った。

「ポール、やっちゃえ」

「おう」

ひときわ大柄な戦士が前に進むと、拳を振りかぶった。

「え？」

何が何だか分からないうちにシルバはぶん殴られ、五メルトほど吹っ飛ばされた。

「——ぐはっ⁉」

草原に背中から叩きつけられ、シルバはたまらず息を詰まらせた。

ヌルリとした感触に唇を舐めると、とたんに鉄臭い味が口内に広がった。鼻血だ。

それを拭うシルバに、のんびりと六人のならず者達は近づいてきた。

「よう、やる気になったか、司祭さん？」

シルバを殴った大男が、好戦的な笑みを浮かべる。

「……どういうつもりだ、こりゃ？」

地面に腰を落としたまま、シルバは尋ねた。

小柄な少年が肩を竦める。

「だから、試合さ。何、タダって訳じゃない。そっちが勝てば五千カッド。新米パーティーには悪くない額だろう?」

五カッドでちょうどランチ一食分ぐらいの価格だ。

五千カッドとなると、小さな家庭なら数ヶ月は暮らせる額だ。

「お前らが勝ったら?」

「お前らじゃなくて、ネイサンだよ。ネイサン・プリングルス。こっちは弟のポール」

少年、ネイサンが顎をしゃくると、シルバを殴った大男がゴキリゴキリと拳を鳴らした。

「それで、僕達が勝った場合だっけか。そうだね、一人二百五十カッドの千カッドでどうだい」

「俺の分はともかく、仲間達の分を勝手に了承できる訳ないだろ」

「だったら君が全額払えばいいじゃない。その後仲間内で相談って形で。パーティーは一蓮托生《いちれんたくしょう》。そうでしょう?」

もちろん、シルバはそんな言葉に頷いたりしなかった。

「おい、返事はどうした?」

黙っていると、ポールの蹴りが腹に入った。

「がはっ!」

たまらず腹を押さえ、シルバは胃液を吐き出す――振りをした。

ようやく間にあった。

効果を発揮した祝福の術『再生《リライフ》』のおかげで鼻血は止まり、防御力を高める『鉄壁《ウオウル》』の力で見かけほどダメージは受けていない。せいぜい枕を投げつけられた程度の威力にまで、落ちている。

「ん? なんか変な感触だな」

「よすんだポール。これ以上は必要ない」

怪訝《けげん》な顔をする弟を、ネイサンは制した。

「今はだろ、兄貴」

「うん、今は」

模擬戦闘で好きなように、と暗にほのめかす兄弟だった。

「へへ……良かったな」

「それで、返事は？」

もちろんシルバは即答した。

「断るに決まってるだろ。アホか、お前ら」

「ポール、やっていいよ」

「へへ、了解」

今度の蹴りは、顔面にきた。

「がっ……！」

いくら術で防御力を高めていても、鼻を蹴られてはたまらない。シルバが形成した魔力障壁に阻まれスポンジのような感触なのは変わらないが、それでも痛いことに違いはないし、少々息が詰まるのは無理もない。

何より『再生《リライフ》』の祝福は常時発動のため、やたら魔力を食うのである。

それに、この連中に術を使っていることを悟られるのも面倒だ。なるべく痛みに苦しむ演技を心がけるシルバだった。

交渉と前準備

THERE IS SOMETHING STRANGE ABOUT OUR MEMBERS.

「強情だなぁ。どうして駄目なのかな」

ため息をつくネイサンに、シルバは途切れ途切れに言葉を吐き出す。

「……どう考えても、交渉が下手《へた》くそすぎるだろ。暴力は最後の手段だ。しかも……条件が悪すぎる。素性の知れない相手と……けほっ……そんな賭けには乗れるはず、ない」

一回咳き込み。

「それに……俺一人で判断していい問題じゃない。仲間の了承が必要だ……ああ、これは、さっきも言ったか……」

「ああ、そう。そういうことなら、交渉は成功だ」

ネイサンはシルバの背後を見て、笑った。

「……そうみたいだな」

鼻を押さえながら、シルバはすっくと立ち上がった。

想像以上にシルバの元気な様子に、ポールが目を丸くする。

「断る必要は、何もないぞシルバ殿。むしろ、受けて立つ」

彼らの間に割って入ってきたのは、黒髪の剣士・キキョウだった。どうやらトップスピードで駆けてきたらしい。振り返ると、ヒイロとタイランはまだ遙か後方だ。

シルバから、『透心《シンツ》』による救援要請を受け、キキョウを含む三人は即座に動いた。

が、その『即座』の速さが圧倒的だったのが、キキョウだった。ヒイロとタイランが事態を把握するより早く、キキョウは発信源であるシルバの元へと駆け出していたのだ。

広大な草原を、ヒイロとタイランはひたすら駆けるのだった。

「うぅ……私、もう限界かも知れません……」

「っていうか、鬼速いよ、キキョウさん！　何あのスピード⁉」

最早、キキョウの背中すら見えない。


シルバを守るように立つキキョウを、ネイサンはニヤニヤと見上げていた。

「へえ、リーダーさんの登場か。キキョウ・ナツメ。名前は聞いてるよ」

「リーダーは……」

『——そのままでいい』

振り返ろうとするキキョウに、シルバは念話を飛ばした。

「ああ、某《それがし》だ。話ならまず、某を通してもらおう」

「条件は聞いてた？」

「某達が勝てば、五千カッドもらえるとか」

「そう」

シルバは再び、キキョウに念波を飛ばした。

キキョウの頬が一瞬引きつったが、すぐに冷めた表情を作る。

「安いな」

「何」

「こちらは一万カッド出す」

「何だと⁉」

「こっちが十倍出す。だからお前達も十倍で勝負してもらう。五万カッドだ」

「そ、そんな額……あ、兄貴」

「いや、別に構わぬぞ。某達が一万カッド、そちらは五千カッドでも」

「いいでしょう。五万カッドで勝負といきましょう」

「兄貴⁉」

不敵な兄の言葉に、ポールは目を剥いた。

その額は、ネイサン達のパーティーの全資産に近い。ポールが焦るのも無理はなかった。

「問題ない。タダのハッタリだ。こっちに勝算がある。確かに前衛の、彼は大したモノだろう。他の二人も手強そうだ」

「なら……」

「でも、後衛はあれ一人。僕の『アレ』をどうにかできると思うか？　できるとしてもお前のスピードがあれば」

　ポールはニヤリと笑った。

「……何とかする前に、潰せる。なるほど、さすが兄貴」

「そして払えない時には、代わりのモノで支払ってもらう。……分かるな？」

「もちろんだよ、兄貴」

　ネイサンとポールの視線は、シルバの腰に引っ掛けられた道具袋に向けられていた。

　話は決まった。

　ネイサンは、パンと両手を合わせた。

「そういうことさ。――いいでしょう、その条件で勝負といきましょう。では早速」

　キキョウは、鼻を押さえるシルバを親指で指し示した。

「という訳にもいかぬだろう。まずは、ウチの後衛の手当が先決だ。何より大金が掛かっている故、それなりの準備が必要」

「おいおい」

「二時間の猶予《ゆうよ》をもらおうか」

「一時間」

「分かった。ではそれで」

　ネイサン達の後ろ姿を見送りながら、キキョウが呟いた。

「しかし、無茶な条件だぞシルバ殿。そんなお金、どこにあるのだ」

「俺の蓄え全部漁れば、それぐらいあるさ。もし負けても、その点は問題ない」

ネイサン達と交渉をしたのはキキョウだったが、金額の提案は実は『透心《シンツ》』を通してシルバが行っていた。

実際、前パーティーの時に、そこそこ稼いでいるので貯金はあるのだ。

だが、キキョウが反応したのはそこではなかった。

「負けても、であるか？　勝算はないのか？」

「まさか。なきゃ、やらないよ。まあ、絶対とは言えないけどな」

「それでは困るのだが」

「相手もこちらを倒しにきてるんだ。絶対安全な戦いなんて、存在しない。だろ？」

「む、むぅ……」

「ただ、向こうはそう思ってないようだけどな。……まあ、どこか休めるところで話をしよう」

ようやく、ヒイロとタイランが追いついた。


術の効果で、シルバの傷は癒えている。

だから、手当の時間というのは嘘っぱちだし、提示した時間も『予定通り』一時間得ることができたので、たっぷりミーティングすることができる。

念のために、四人はネイサン達から見えない場所に移動することにした。

「まず、向こうはちょっと腕の立つチンピラ程度と思っていい。頭はそれほどよくない」

歩きながら、シルバはそう三人に説明した。

「っていうと？」

ヒイロが首を傾げる。

「腕力に訴えてきた。アイツらにも言ったけど、それは最後の手段。下手すりゃ憲兵が来て、大ごとになるしな」

「それに、某をリーダーと勘違いした」

「多分、さっきの練習を見てたんだろうな。俺達のことを良く知らないってことだ。良くは知らないけど、与《くみ》しやすい相手と見て、勝負を吹っかけてきた。さて問題。ここから導き出される、敵の得意とする攻撃は？　ヒイロ」

「ボク達より、強い攻撃？　前衛がボク達よりも強いとか」

「まあまあかな」

「えー、まあまあ？」

シルバの採点に、ヒイロは不満そうな声を上げた。

「理由を出せただけ、いい解答だよ。さて、タイランは？」

「え、えっと……私達の練習は見られていたんですよね？」

「うん、おそらくね」

「っていうことは、遠距離からの攻撃か……魔術を用いた攻撃、でしょうか。私達の攻撃は近接攻撃主体ですから、相性を考えると……それが良いかと」

「うん、だと思う」

満足げに、シルバは頷いた。

「向こうの前衛の要は、あのデカいの。ポールって言ったっけ。それなりに強い」

強い、という言葉にピクッとヒイロが反応した。

「ボクより強い？」

「装備に依《よ》るところが大きいみたいだけど、多分な。後衛は、あのネイサンっていう小さい兄貴の方。こっちがくせ者っぽいな。ただ、情報が足りない」

そこが悩みどころだ。

ネイサンが、あのパーティーの要であることは、ほぼ間違いない。

自分達のように念波で裏会話をしている可能性ももちろん考えられるが、弟のポールは表情が出やすかったし、それもないと見ていいだろう。

重要なのは、ネイサンが何をしてくるかだ。

「ど、どうすればいいんでしょう」

大きな身体をガチャガチャと震わせながら、タイランが問う。

少し考え、シルバはその問いに答えた。

「分からないなら、誰かに聞けばいいんだよ」

キキョウが、ポンと手を打った。

「なるほど、情報屋であるな」

「いいや、今から街に戻るには、ちょっと辛いな。それより実際に手合わせした人達に聞く方がいいだろう」

何よりタダだし、と付け加えるとキキョウ達は小さく笑った。

「手合わせした人達とは？」

「うん、連中、俺に喧嘩を売る前に、二、三戦はしてたと思う。ポールって奴の鎧やブーツに真新しい血の跡が付いてた」

「ならば、結局治療室か」

初心者訓練場には出入り口に、小さな受付所がある。

あるとすれば、そこぐらいだろう。他には、草原に点在する東屋《あずまや》ぐらいしか建物はない。

だが、シルバは、いや、と首を振った。

「残念だけど、この訓練場には治療室はない。適当に寝っ転がったり、辻聖職者が回復したりしてる。という訳で、ちょっと怪我人を探そう。時間もないし、急いで」

被害者達からの情報収集

THERE IS SOMETHING STRANGE ABOUT OUR MEMBERS.

やや大きな丘を回り込んだ先で、四人は足を止めた。

「……二、三戦どころではなかったな」

キキョウの呟きに、タイランは鋼《はがね》の身体を震わせた。

「酷《ひど》い……」

草原には何十人もの怪我人が、苦悶の声を上げながらシートに寝そべっていた。

まだ元気な辻聖職者達や医師達が駆けずり回っているが、とても手が足りているようには見えなかった。

シルバが近付くと、十代前半の助祭の一人が気付いたようだ。

どうやらシルバと同じ、ゴドー聖教に属する少女らしい。

「良かった！　お仲間ですよね。治療を手伝ってもらえますか？」

「そりゃ当然。結構な数だな」

「百人以上います」

シルバが顔をしかめ、その後ろでキキョウ達は目を剥いていた。

「ひゃ、百人……!?」

「ひぇー……」

「ど、どうしてこんなことに……」

髪を後ろで一括《ひとくく》りにした助祭の少女は、名をチシャといった。

「パーティーの回復係自身が負傷しているので……私達だけでは、とても手が追いつかないんです。何よりその……」

シルバは、怪我人の一人の脇にしゃがみ込んだ。

顔色が悪い……いや、悪いどころではない。紫色だ。

「この症状は、毒だな」

「そ、そうなんです。このままでは、私達の魔力も尽きてしまいそうで……」

チシャが目に涙を浮かべる。

なるほど……とシルバは納得した。

ここは、初心者訓練場だ。

『解毒《カイドゥ》』の術を習得していない者も多いだろう。

「やったのは、小さい魔術師とやたら大きい戦士のいるパーティー？」

「そ、そうです」

「施療院に連絡は？」

「し、しました。でも、ここは郊外で遠いですから……」

「だよなぁ……」

ボリボリと、シルバは頭を掻いた。

聖印と共に胸元で揺れる認識票に、チシャも気付いたようだ。

「あ、あの、その白銀色の認識票って……」

「ああ、白銀級。心配しなくても、『解毒《カイドゥ》』は使えるよ」

「よ、良かった。ありがとうございます」

チシャがホッとした笑みを浮かべた。

「了解した。じゃあ、まずはみんなをなるべく密集させて」

「はい？」

「一気にやった方が、効率がいい。キキョウ、手伝ってくれ」

「承知。ヒイロ、タイラン始めよう」

「な、何するの？」

「貴公が頼りないと言った、シルバ殿の力が少し見られるぞ」

チシャやキキョウ達の手で、苦しむ声を上げている冒険者達が、一塊《ひとかたまり》に集められた。

「こ、これでいいんでしょうか」

「上等上等」

シルバは小高い丘に登り、彼らを見下ろす位置に立っていた。

「それじゃ、行きますよー。まずは――『解毒《カイドゥ》』！」

高らかに空に掲げていた右手の指を鳴らすと、冒険者達の身体から紫色の禍々《まがまが》しい光が天へと昇って消失していく。

顔色のよくなった彼らに、シルバの二つ目の術が発動する。

「続いて『回群《ヒルグン》』」

彼らに向けて左手の指を鳴らすと、冒険者達を青白い聖光が包み込む。

「は、範囲回復……⁉」

チシャが集められた冒険者達を見ると、傷と体力が回復した彼らが一斉に快哉《かいさい》を叫んだ。

それを無視して、シルバは丘からのんびりと下りた。

「本当なら『全快《ヒルオル》』使うんだけど、みんなそれほど体力高い訳じゃないから節約させてもらった。治ってない人がいたら、フォローはそっちで頼む」

「は、はい。あの、今の回復術……もしかして、高位の方なのですか？　実は司教様とか……」

聖職者といっても、シルバの属するゴドー聖教の階級にはピンからキリまである。

大雑把に分けると司教、司祭、助祭の階級が存在し、シルバは司祭に該当する。

だから、シルバは首を振った。

「いや、見た目通り、司祭。魔王討伐軍……『オルレンジ』にちょっとだけ参加してたことはあるんだ。そのせいで、経験だけは歳よりちょっと積んでる次第で」

「ああ、戦場司祭なんですね。道理で……」

大陸中の国家で結成されている魔王討伐軍『オルレンジ』がまとめられているのは、世界中に広がるゴドー聖教の力が大きい。

故に、教会関係者も参加することが多く、また生き残った参加者は、戦いから質の高い経験を学んでいる。

……もっとも、その討伐軍に関しては、シルバ自身が望んで参加した訳ではなく、半ば姉に無理矢理巻き込まれたのだが。

「経験も、微々たるモノだったけど……いや、それよりも聞きたいことがあるんだ。各パーティーのリーダーを集めてくれないか」

シルバは道具袋から魔力回復薬《ポーション》を取り出し、一気に飲み干した。

集まったのは十九組あるパーティーのリーダー達だった。

認識票は、全員が青銅だ。

シルバも彼らも、草原に座り込む。

その中の一人、二十歳になるかどうかという、革鎧に身を包んだ青年が頭を下げた。

「まずは、命を助けてもらった礼を言う」

「礼はいいよ。その借りは今、返してもらうから」

「というと？」

「欲しいのはアンタらをやった連中の情報だ」

「承知した。そういうことなら、オレ達は全面的に協力しよう。オレの名前はカルビン。何でも聞いてくれ」

「それじゃカルビン。アンタらに毒を与えたのは、小さいのと大きいののコンビがいるパーティーだって聞いたんだけど、間違いないか？」

シルバの問いに、カルビンは悔しそうに歯ぎしりした。

「ああ……最初は紳士的に、接してきたんだ。それでこっちも油断した。そのまま模擬戦を行う羽目になり……いきなり本性を現わしてな……」

「全員、再起不能《リタイヤ》に追いやられたと」

要約すると、そういうことらしい。

「うむ」

他のリーダー達も一斉に声を上げる。

「アイツら、卑怯《ひきょう》なんだ！」

「そうだそうだ！　何であんな高レベルの奴らが、こんな初心者用訓練場にいるんだよ！」

どうやら納得がいかないらしい。

しかし、そこはこの訓練場の規則にもあるのだ。

「パーティーの誰か一人でも初心者なら、この訓練場には入れるんだよ。ここは、そういう規則になってる。うちには青銅級が二人いるけど、俺はほら」

シルバは、白銀級認識票の鎖を、皆に見えるように指で伸ばした。

裏技というほどではないが、ここにいる皆は知らなかったようだ。

「それじゃ、そいつらの戦闘パターンを教えて欲しい。連携はどんな感じだった？」

「それなら、俺達の憶えている範囲でいいなら……まず最初に魔術師が、こちらの前衛の防御力を下げてきた」

他の面々もカルビンに同意する。

「あ、それ俺達も」

「ウチもだ」

防御力低下ね、とシルバは内心納得した。

確かにこれは、初心者にはキツイ。

防ぐ術がまずないからだ。

体力を付けて地力を上げていれば耐えられるだろうが、そういう連中は大抵、既にこの訓練場を卒業している。

これは、聖職者達の祝福にしても同様となる。

防御力を高める祝福は、ある程度の経験を積まないと修得することが難しい。

仮にできたとしても、味方単体がせいぜいだろう。

グループ単位で防御力を下げられては、その対処だけで手一杯になってしまうのだ。

もう一つの方法は装備を調《ととの》えることだが、これも当然金が必要だ。

金を稼ぐためには多くの依頼をこなさなければならないので、その時点で『初心者』ではなくなるのだ。

ジレンマである。

「なるほど。他には?」

シルバが促すと、カルビンは唸った。

「それから連中の前衛が恐ろしく速くてな。向こうの攻撃は当たるのに、こっちの攻撃はほとんど当たらない」

「アイツら、確か鎧を着ていただろう?」

「ああ。だから、不自然なんだ。鉄の鎧を着て、あの速さはおかしい」

確かにあの筋肉ダルマが機敏に動く姿は、想像するとなかなか不自然だ。

というか気持ち悪い。

シルバの見立てでは、前衛は戦士が三人。

屈強なポールがエースで、他二人がやや劣るといったところだった。

後衛はあのネイサンという魔術師、神官、盗賊という組み合わせだったと記憶している。

「魔術師か聖職者が、加速する術を使ったのか?」

「いや、違う……と思う。初速から尋常じゃなかった。けど、素《す》の動きでもない」

「……となると、魔術付与された装備の類かな。攻撃は一度も当たらなかったのか?」

メモを取りながら、シルバは疑問を口にする。

すると、他のパーティーから手が上がった。

「俺んトコは当てた」

「ウチもー」

話を聞くと、だが当ててもまるで効いていないようだったという。

だが、ダメージがゼロという訳でもないようだ。

「つまり、当たってもほとんどダメージが通らない……鎧も相当いいのを使ってるのだな。その前衛連中に、魔術攻撃は?」

するると、魔術師をやっている一人が首を振った。

「効果が低い。ウチは火炎を使ったけど、思ったより威力が低くなっててビックリした」

向こうと同じように防御力を下げる魔術を使える者が一人いたが、それも弾かれたという。

「魔術に対して抵抗《レジスト》アリ……また厄介《やっかい》だな」

シルバは整理してみた。

敵前衛はまず、おそろしく素早い。

よって当て難《にく》く、当たり易い。

鎧自体が固く、生半可《なまはんか》な攻撃ではダメージが通らない。

そのくせ魔術師であるネイサンがこちら側の防御力を下げるせいで、相手の攻撃は相当に強い。

おまけに魔術も抵抗《レジスト》され、弱体化の補助系《デバフ》は弾かれる。

……初心者相手にこれはチートだよなぁ。

「後衛は？」

「あの小さい魔術師は、毒の術を使う。ウチは、それでやられた」

卑怯だよな、と周りの声がいくつも聞こえてくる。

けれど、シルバはこれを卑怯とは思わなかった。

むしろ、うまいな、と正直思った。

毒は持続性があり、ジワジワと体力を削っていく。

それに加えて、心理的に焦りを生むという効果があるのだ。

本来支援すべき後衛が、これでやられてしまう。

「前衛の連中は防御力を下げてから機動力重視で叩き、後衛は『猛毒《ポイゼン》』でジワジワ弱らせるか……

まったく初心者殺しだな」

大体、相手の情報が掴めた。

顔を上げると、カルビン達が縋《すが》るような目で、シルバを見つめていた。

「頼む。アンタら、次、アイツらとやるんだろう？　俺達じゃアイツらに勝てない。仇を討ってくれ」

「そうだそうだ！」

「頼むぞ！」

ふむ、とシルバは腕を組んで、首を傾げた。

「いや、情報もらっといてなんだけど、それは断るよ」

「え」

シルバは手を振りながら立ち上がった。

「俺は俺の事情で戦うんだ。ここにいるみんなの仇は取らない」

呆気にとられるカルビン達を、シルバは見下ろした。

どういう話をしているのか気になったのだろう、周りには初心者パーティーの残りの面々や、キキョウ達も集まっていた。

が、構わずシルバは言葉を続けた。

「というか、何でみんなこの訓練場にいるんだよ。強くなるためだろ。冒険者になるためだろ。金目当ての奴もいれば、ここで一旗上げようって奴だっているだろう。この土地に眠るっていう封印された古代王の剣をガチで探している奴もいるだろうし、何かしらの使命を持ってる奴だっているはずだ。ただ、ここにいる連中に共通してるのは、まだ始まったばかりだってことだ。強い敵がいるからって諦めて人に託すのは早すぎるぞ、おい。困難苦難は努力して乗り越えるんだよ。ここからみんな、始まるんだ。強くなって、それから外に出てもっと強くなって、アイツらを自分達の手で直接倒せよ。その方がスッとするだろ。俺達に頼むなんて、情けないこと言うな」

辺り一帯が、しんと静まり返る。

だが、どこからか小さな拍手が聞こえてきた。

見ると、チシャだった。

やがて、拍手は周囲全体に広まった。

困ったのは、シルバである。別に拍手されるようなことを言ったつもりはない。単に、本音を喋ったに過ぎないのだ。

「確かに、アンタの言う通りだ」

しかも、何かカルビン達が尊敬の目でシルバを見ながら立ち上がってきてるし。

「ま、まあ、まずは俺は、俺の落とし前を付けるけどな」

若干腰が引け気味になりながら、シルバは言う。

「勝てるのか」

「勝負に絶対はないよ。でもま、みんなのおかげで、大分勝算は高くなったがね。見たかったら、勝手に観客やってくれ。俺は知らん」

シルバは恥ずかしそうに、髪を掻いた。

油断大敵

THERE IS SOMETHING STRANGE ABOUT OUR MEMBERS.

時間を確かめると、約束の時間まであと十五分だった。

シルバのパーティーメンバーは、車座になって相談を開始した。

「まあ、向こうの大体の戦術パターンは掴めた訳だ」

シルバは、ネイサン一行にやられた連中の情報を、みんなに伝えた。

「他にはないの？」

ヒイロの質問に対し、シルバは首を振った。

「あるかも知れないけど、その前にケリをつける。それにこれが連中の必勝パターンだってのなら、そう簡単に崩しやしないさ」

「相手が素早いってのが厄介だねぇ。鎧着てるならキキョウさんほど極端じゃないだろうけど、ボク、そういう相手はあんまり得意じゃないっていうか」

ヒイロがむむ、と唸る。

それに対し挙手したのは、名指しされたキキョウだった。

「それならば、某《それがし》が何とかしようではないか」

「いや、相手の足を止めるのなら、俺がやるよ。三人がそれぞれ一人ずつ倒してくれればいい」

シルバが言うと、キキョウは頷きながらも不安そうな表情を作った。

「しかし、相手には強化系《バフ》の術も効きにくいという話であるぞ？　何か手はあるのか？」

それは、シルバを除く三人共通の懸念でもあった。

本来なら、こちらが『加速《スパーダ》』を使って対抗するという手が一番確実だが、ここで、それが今回の作戦の肝《きも》にもなってくる。

そういう意味では、確かに相手の足を止めるのがベストだ。

もしくは幻影の魔術で相手を惑わせるか。

しかし、相手に魔術抵抗《レジスト》がある以上、それも絶対確実とは言えないのだ。

その不安に対して、シルバは一応対策を持っていた。

「実はな……」

念のため、シルバはそれを小声で説明した。

実に初歩的な方法なのだが、案外に知られていないし、使う人間もいない。

聞いたヒイロは、何とも微妙な表情をした。

「それ、アリ？」

呆れた声を漏らすヒイロに、シルバは頷いた。

「神様はアリって言ってる」

「ひ、酷い方法ですね……」

「褒め言葉だな」

「なるほど……それを使うのであるか。ならば、問題はないのである」

キキョウの言葉に、タイランは驚いた。

「し、知ってたんですか……？　シルバさんの、その、術のこと……」

「うむ。某も酒場での用心棒《しごと》で何度かシルバ殿には世話になったことがあるのだ。アレであろう？」

「ま、そういうこと」

「それならばシルバ殿、某達は攻撃に専念するまで」

「当然。それが俺の仕事さね。……でまあ、相手の狙いはほぼ俺だと思う」

「ふむ、その根拠は」

「四対六の戦いだ。回復役がいなけりゃ、後は持久戦で勝てるからさ。よほどのアホでなければ、そこを突く。だから、隙あらばこちらの前衛を抜いてくるだろうな」

もう一つ理由があるのだが、それは今は関係ないので喋らないことにした。

語るには裏付けが必要だし、目の前の戦いに集中すべき今、その必要はない。

「けど……先輩、回避や防御はともかく、攻撃力が全然ないよね？　近づかれたら、打つ手なしでしょ？」

「むぅ……ヒイロ」

キキョウがたしなめると、ヒイロは怯んだ。

「う……だ、だって本当のことでしょう？」

「確かにその通り。だから、まあ」

否定せず、シルバはタイランの胴を拳で軽く叩いた。

「そこはアテにしてるから、タイラン」

「わ、私ですか⁉」

「まあ、それはともかく、そろそろ時間だ。始めるとしよう」

シルバが手を叩き、四人は一斉に立ち上がった。


後ろ十メルトの距離にそれぞれのメンバーを控え、シルバとネイサンは中央で向き合った。

「勝利条件は、相手のパーティーの全滅。それでオッケー？」

ネイサンの提案に、シルバは頷く。

「問題ない」

「こっちが勝てば一万カッド。君達が勝てば五万カッド。約束は守れよ」

「そっちこそ」

「ところで……」

ネイサンは、チラッと横を見た。

丘の斜面に、百人以上の人間が座り込んでいた。

全員が、この模擬戦に注目しているようだ。

「……アレは、何？」

「見覚えがないか？　アンタらが狩った、パーティーの面々だよ。何だ、結局全員見に来たみたいだな」

「……」

十九組のパーティーの敵意に満ちた視線を受け、ネイサンはさすがに少々居心地が悪いようだった。

「まあ、話を聞くと辻聖職者のみんなが相当頑張ったみたいなようで。ずいぶんと酷いことをしたようじゃないか」

「勝つために全力を尽くす。それが勝負の掟だろ」

「ごもっとも。この戦いもそうありたいね」

「全く同感だね。……この観客も、その一環ってことか。じゃあ、そろそろ始めよう」


互いの前衛が一斉に構え、後衛が支援の準備を開始する。

ネイサンは、敵前衛の背後にいるシルバを見据えたまま、早口でパーティーに説明した。

「その鎧なら、滅多なことで防御力や速度の低下はないから、心配ないとは思うけど、念には念だ。誰でもいい。前衛の三人を抜いて、まず最優先で司祭を叩け」

「おうよ!」

ネイサンの指令に、弟のポールが拳を手に打ちつけ、大きく声を上げた。

「注意すべきなのはあの司祭と、パーティーリーダーである狐だ。他二人は青銅級らしいからまあいいとして、司祭は白銀級、狐は鋼鉄級なんだ」

「なあ、何でリーダーの方がランクが低いんだよ、兄貴？」

「あの司祭は、『プラチナ・クロス』っていう腕の立つパーティーに所属してたんだよ。つまり仲間に乗っかかる形で、冒険者のランクを上げてたんだろう。寄生ってやつさ」

「マジかよ。最低だな」

「そういう奴は潰さないと駄目だろう、ポール？」

「当然だな」

ニィッと鋭い歯を剥き出しにして、ポールが笑う。

「ただ、あのキキョウってリーダーは、どう見てもスピード型だ。最悪、二人がかりでもいい。足止めしてくれ。その場合、向こうの青銅級二人は僕の方で対処する。寄生だろうと、白銀級だ。とにかく、回復役の司祭を全力で潰す。いいね？」

ネイサンパーティーの前衛は、前衛が全員対魔コーティングを施してある特別製だ。

更にブーツには『加速《スパーダ》』の魔術が付与されている。

ポールの武器である両手斧や他前衛の剣だって安いモノではなく、彼らの筋力と相まって相当に高い攻撃力を誇る。

ある意味、正統派の強さを高めてきたパーティーなのだ。

そして全員が鋼鉄級である。

唯一の不安は後衛の盗賊が、この初心者訓練場に入るため、青銅級を引っ張ってきた点だ。

しかし、元々盗賊は戦闘において強く重要視されるモノではないので、それは大した問題はない。

それでも戦力には違いないので、ネイサンと同じ後方から、矢を放ってもらうことになっていた。

……ちなみに本来のネイサンパーティーの盗賊は、宿で惰眠を貪っている。

ともあれ、戦闘開始だ。

呪文を唱え終わり、ネイサンは敵前衛に向けて相手の防御力を弱める魔術を解き放った。

「いくぞ、『崩壁《シルダン》』‼」

ガラスの割れるような音と共に、キキョウ達の身体がわずかに硬直する。

「おおお、行くぜ行くぜ行くぜぇっ‼」

ポール達前衛が、突進を開始した。

重そうな装備とは裏腹に、その動きは機敏に過ぎる。

風を切りながら、彼らは着物姿の獣人達との距離を詰め始めた。


雄叫《おたけ》びを上げながら駆け寄ってくる戦士達を見て、キキョウは溜め息をついた。

「……実に、馬鹿っぽいのである」

身体に力が入りにくいのは、相手の放った防御力低下の魔術のせいだろう。

一方、ヒイロは既に巨大な骨剣を抜き、正面に構えを取っていた。

走る二人から少し遅れてタイラン、さらにその後ろにシルバが駆け足で追っていた。

「だけど、速い」

「そ、そうですね——シルバさん、この距離なら！」

ガチャリ、と重装鎧を鳴らしながら、タイランが叫ぶ。

そして。

「ああ、いい間合いだ。『崩壁《シルダン》』」

シルバは、指を鳴らした。


術の発動は、ポールも気がついた。

「馬っ鹿、効かないっての！」

嘲笑いながら、構わず直進する。

実際、対魔コーティングされた鎧のおかげで、シルバの魔術が効いた様子はない。

弾かれたのだ。このままいける！

そう確信した。

直後、足下が崩れた。

「ぬあっ⁉」

ポールはたまらずつんのめった。

「何っ⁉」

見ると、地面が膝近くまで埋没していた。

ポール以外の二人の前衛も同様だ。

「ふざけるな……っ！」

何が起こったのか、真っ先に悟ったのは、魔術師であるネイサンだった。

聖職者でも、魔術の習得ができないことはない。

そこまでは、まだいい。

だが、術で地面の防御力を下げるなんて、聞いたことがない……！

あれではポールの周囲の地面は相当柔らかくなっており、相当な力を込めても脱出することが困難になってしまうではないか。

この一撃は食らいたくない

THERE IS SOMETHING STRANGE ABOUT OUR MEMBERS.

『しっかしまあ、よくこんなこと思いつくなぁ……』

ヒイロの内心の呟きは、『透心《シンツ》』を通してシルバにも届いていた。

「前の魔王討伐軍遠征の後、戦災復興支援に参加してた時にちょっとな。土砂崩れの撤去を楽にできないかなーって思いついたんだよ。……ま、とにかく」

次の術の印を切りながら、シルバは正面を指差した。

「機動力は下げた！　速攻で叩け、キキョウ、ヒイロ！」

「うむ、心得た！」

「らじゃっ！」

キキョウとヒイロが、地面に埋まりもがく敵前衛目がけて駆け出した。

そして、シルバは足を止め、それを守るようにタイランも待機した。

「兄貴！　何とかしてくれぇ！」

ポール達前衛三人は、地面に足を取られながら、まだもがいていた。

両腕で何とか脱出を試みてはいるが、その腕ごと地面に埋まってしまうのだ。

「問題ない！　そこに踏み込んだら、相手だって機動力が落ちるんだ！　踏み込んでなんてこれない！」

もちろん、ネイサンがそう考えることは、シルバにも予想していたことだ。

そこで、次の魔術が発動する。

「ところがどっこい――『飛翔《フライン》』」

シルバの指の音と共に、前衛二人の足が地面をふわりと離れる。

「う、わっ、たたっ！」

空を浮く経験は初めてなのか、ヒイロが慌てた声を上げた。

「落ち着くのだ、ヒイロ。シルバ殿の術である。害はない」

「う、うん」

焦ったのはほんの一瞬、ヒイロは不可視の床を蹴ってキキョウと共に加速し、ポール達に迫る。

一方、シルバの術とほぼ同時に、ネイサンの魔術も完成していた。

「くっ、ならば『猛毒《ポイゼン》』‼」

ネイサンの叫びに呼応するかのように、シルバのパーティーを禍々しい紫色の煙が包み込んだ。

「けほっ、ごほっ」

ヒイロが咳き込む。

シルバ自身も軽い吐き気を覚えたが、予定通りの行動を始めることにした。

すなわち――毒の状態《ステータス》を完全に無視した。

「な――⁉︎」

ネイサンは絶句した。

これまで、『猛毒《ポイゼン》』を食らった相手は、モンスターだろうが人だろうが、反応はほぼ同じだった。毒に苦しみ、術を仕掛けたネイサンに敵意《ヘイト》が集中する。

しかし、ネイサンまでの距離は開いており、間にはポール達前衛という壁が存在し、焦りから攻撃は雑になる。

『解毒《カイドゥ》』を使える聖職者がいる場合もあるが、味方全体に解毒できる高位の術者などほぼいなかったし、いたとしても一手、無駄を作ることとなる。

なのに、それら全部を無視して行動するなんて……。

「ありえないだろ……!?」

そんなネイサンの言葉が聞こえた訳ではない。

けれど、表情からシルバはネイサンの困惑を読み取っていた。

「……相手が何をするか分かっているんだ。あとは覚悟さえ決めればどうとでもなる」

毒は確かに厄介だ。

身体は蝕《むしば》まれ、気は逸《はや》る。

下手をすれば致死にもなり得るだろう。

だが、一度の戦闘。

ネイサン達の被害に遭《あ》った冒険者達が食らった魔術『猛毒《ポイゼン》』は遅効性であり、長くても十分も掛けず決着をつけると最初から決めていれば、毒が回りきる前に敵を倒すことは可能だ。

もちろん即効性の致死毒を持つモンスターとの戦いでは、速《すみ》やかな解毒が必要になるが、今回の戦いでは問題がない。

戦闘が終わってからの解毒で、充分間に合う。

やや特殊な動く鎧《リビングメイル》であるタイランを除き、毒の魔術の効果を受けるのは、シルバ自身、そしてキキョウとヒイロだ。

シルバの腹は決まっていたので、問題はキキョウとヒイロだったが――。

「そういうことならば、某《それがし》はシルバ殿を信じよう」

「なるほどー。言われてみれば確かにそうだね！　じゃあ、ちゃっちゃとやっつけちゃおう！」

そう、二人も納得してくれた。

もちろん仮に言葉では納得してくれたとしても、いざ実際に毒を食らえば、動揺しても仕方がないことだ。

けれど、二人の心に乱れはない。

それが『透心《シンツ》』を通して、シルバにも伝わってきていた。

そしてまさしくキキョウとヒイロは、ポール達に肉薄していた。

キキョウが刀の柄に手を掛け、刃を振り抜く。

「へっ……それでもお前達に勝ち目はないのさ！」

膝を地面に埋めたままポールは不敵に笑い、キキョウの刃の軌道に大きな腕をかざした。

「っ……！」

甲高い金属音が鳴り響き、キキョウがわずかに退《しりぞ》く。

「へへへ……」

ポールは若干腕の震えを自覚しながらも、ダメージが通っていないことを確かめる。

「――ほう、よい鎧だ」

宙に浮いたまま、キキョウは腰を落とした抜刀術の構えを解かないでいた。

「テメエの攻撃なんて、効きゃしねえんだよ！　死ねや！」

ポールは足に踏ん張りを込め、半ば跳躍しながら斧を振るった。

「物騒だな。だが、機動力を殺すというのはこちらの攻撃を当てるのと同時に――」

キキョウはわずかに身体を傾け、巨大な振り下ろしを回避する。

「くっ……!?」

ズブリ、と再びポールの足下が地面に沈んだ。

否、先ほどよりもさらに深く、腰の辺りまでポールの身体は土に埋もれていた。

「――お主らの攻撃が当たらぬということ。どれだけ某達の守りが衰えようと、当たらなければ問題はない」

冷たい視線で、キキョウはポールを見下ろした。

「生意気な！」

もう一人、前衛の戦士が乱暴な足取りでキキョウに迫ってきた。

この距離では、振るうよりも突きの方が有効とみたのか、腰だめにロングソードを構えている。

しかしキキョウはそれに慌てず、身を翻《ひるがえ》した。

「そして某の攻撃は通じぬようだが……彼《ヒイロ》ならばどうかな？」

「え……」

「らっしゃい――」

直後、ポールの近くにいた戦士の側頭部に、ヒイロが振るった横殴りの骨剣が直撃した。

「――ませーっ‼」

メキリ、と骨の軋む音と共に、戦士の身体は地面から引き抜かれて、数メルトほど吹き飛んだ。

その時点で既に意識はなかったのだろう、まるで馬車に撥ねられたかのように、何度もバウンドしながら転がり、やがて動かなくなった。

わずかに痙攣しているので、死んではいないようだ。

しん、と模擬戦闘の場が静まり返る。

ごく至近距離でこれを見ていたポールの顔が、引きつる。

観客達も絶句していた。

……この攻撃は食らいたくない。

今この瞬間は、敵も味方も意見が一致していた。

「まずは一人！」

グッ、とヒイロはガッツポーズを作った。

「うむ、では次である」

特に驚くことなく、キキョウは刀を収め、再びポールと相対した。

「ちょ、ちょっと待て、何だその威力⁉」

我に返ったポールが、絶叫した。

シルバが、キキョウとヒイロに攻撃力が上がる術を使った様子はなかった。

つまり、今のはヒイロの素の力ということになる。

「鬼の筋力舐めちゃ駄目っしょ。ま、素早い相手にゃ本来当てるまでが一苦労なんだけど」

にひひ、と笑うヒイロ。

「くっ、やってられるか！」

半ば転がるようにして、ポールが底なし沼のような地面をやっとのことで脱出した。

「ぬ⁉」

キキョウが刃を放つが、ポールは両腕を交差してガードした。

「にゃろ！」

ヒイロが骨剣を横薙《な》ぎに振り抜いたが、本来の速度を取り戻したポールにその攻撃は通用しない。

彼は、背の低いヒイロの頭上を飛び越した。

「でかした、ポール！」

キキョウとヒイロの二人を相手にせず、ポールの視線はシルバに固定されていた。

わずかに焦った顔をする前衛二人に、シルバはまだ地面の中でもがいている戦士を指差し、『透心《シンツ》』を飛ばした。

『二人は残っている前衛を片付けて。……こっちには、タイランがいるから問題ない』

『承知した』

『タイラン、頑張ってねー』

『は、はい……！』

シルバの意思を受け取ったキキョウ達は空中を蹴り、何とか緩んだ地面から脱出できそうな戦士に迫っていく。

戦士を守ろうと、神官の強化によって威力の増した火球をネイサンが放ち、盗賊の放った矢も飛んでくるが、それらの悉《ことごと》くがキキョウの放つ居合いの刃に散らされていた。

「ありがとう、キキョウさん！」

「敵の遠距離攻撃は、気にせずともよいぞ。すべて某が払う故、お主は相手を倒すことのみ考えればよいのだ」

「ガッテン承知のスケザエモン！」

「……ヒイロ、どこでそんな言葉を憶えてきたのだ？」

キキョウの刀はともかく、ヒイロの骨剣は食らいたくないのだろう。

戦士の腰は完全に引けているし、二人の敵では最早ない。

キキョウかヒイロか、どちらの攻撃を食らうかは分からないが、倒されるのは時間の問題といえた。

一方、ポールの相手をするのは、重装兵のタイランだ。

ガチャリ、と金属質な音を鳴らし、シルバを守るようにポールの前に立ちふさがった。

「お、おおおっ‼」

ポールの両手斧を、タイランは斧槍の柄でガードする。

「くうっ‼」

わずかに後ずさりながらも、かろうじてタイランはその一撃を受けきった。

タイランの技量がまだまだ拙《つたな》いことに勝機を見出したのだろう、ポールは皮肉っぽい笑みを浮かべ、斧を構え直した。

初心者訓練場の決着

THERE IS SOMETHING STRANGE ABOUT OUR MEMBERS.

「はっ、どうやらお前は強化もされていない、どノーマルみたいじゃねえか。俺の攻撃を、どれだけ受けきれるかな！」

連《つる》べ打ちのような、ポールの一方的な攻めが開始された。

タイランは攻める隙を見出せず、防戦一方だ。

守りに徹しているからこそかろうじて凌《しの》ぎきってはいるが、技術的にはポールの方なのは間違いない。

思った以上にしぶといが、このままなら、遅かれ早かれ倒すことができそうだ。

心にわずかに余裕が生じるポールだったが、タイランの後ろで守られていたシルバに慌てた様子はまるでなかった。

彼は、袖から紫の液体が入った薬瓶を取り出していた。

「っていうか、アホだろアンタ」

「何だと!?」

攻撃の手を休めないまま、ポールが歯を剥き出した。

だがその殺気に気圧《けお》されることなく、シルバはタイランの背後から少しだけ後退した。

「二対一なのは明らかなのに、何でそんな余裕があるのか不思議でならないよ」

「……っ!?」

当たり前と言えば当たり前の指摘だが、ほんの一瞬、ポールの手が止まった。

その隙を突いて、シルバは手に持っていた薬をタイランの頭越しに投げつけた。

パリンと瓶が割れ、中身がポールの頭を濡らす。

「――な」

「これだけ近ければ、どれだけノーコンでもまあ、当たるよな。いや、割とコントロールには、自信あるんだけど」

沸き上がった紫色の苦い煙が、ポールを包み込んだ。

「う……ま、まさか、これは……」

わずかな吐き気を感じ、彼は顔をしかめた。

それに応えるように、シルバは頷いた。

「そう、毒だ。あっちの観客《ギャラリー》の中に狩人《ハンター》がいてさ、解毒薬は使い切ってたけど毒薬は残ってたらしいんで買い取っておいたんだ」

ポールの顔から血の気が引いた。

「言っておくけど、対魔コーティングされた鎧でも、薬はちゃんと効くぞ。これ豆知識な」

「く、神官《クレリック》！　治療してくれ！」

対魔コーティングは基本、攻撃魔術への抵抗を上げるモノだ。

中級までの攻撃魔術ならほぼ弾き、上級魔術でもその威力を半減させる。

一方、味方の支援である回復や解毒、強化《バフ》系の補助祝福などは普通に効果が通るのだ。

だが、それより早く、シルバの術が発動していた。

「『魔鏡《マジカン》』」

虹色の膜のような魔力が、ポールを包み込む。

そして神官の『解毒《カイドウ》』は弾かれた。

呆気にとられるポールに、シルバは教えてやった。

「反射系の強化《バフ》だ。これで、アンタに掛かる魔術は全部跳ね返される。補助してやるなんて親切だろ」

「テメエーっ⁉」

本来、対象を支援する魔術・祝福が通ることを逆手《さかて》に取った、シルバの妨害であった。

激怒するポールに、背後から兄の声が掛けられた。

「落ち着くんだポール！　ソイツさえ倒せば、問題ない！　こっちは僕と盗賊の弓でまだ何とかもつ！　神官は僕達の防御を！」

確かにその指摘通りであり、ポールが強引に突破してきた狙いもそれだったはずだ。

だが、シルバにおちょくられ、毒を浴びたポールには焦りがあった。

目の前にいる敵《タイラン》に集中しきれない彼の攻撃に、本来の精彩はない。

攻撃は雑であり、守りに徹したタイランでも、何とか食い止めることに成功している。

だから、シルバも安心して前衛の様子を見ることができた。

残っていた前衛も、キキョウが飛んでくる火球や矢を弾き、ヒイロがぶちのめすという連携に倒れていた。

本来防壁となるはずだった前衛が総崩れとなり、残るは後衛のみ。

ネイサンや盗賊を守ろうと、神官が前に立とうとしているが、二対一では勝ち目が薄い。

初心者である盗賊の矢はキキョウには当たらず、ヒイロが骨剣を振りかざして接近しつつある。

二本ほどヒイロの肩や腕に矢が刺さっているが、これはネイサンが最初に掛けた『崩壁《シルダン》』の効果だろう。

しかし、ヒイロから『透心《シンツ》』を通して届く声は、それが大したダメージではないことをシルバに伝えていた。

「まあ、万が一本当にやばくても、俺が片っ端から回復する訳だが」

呟き、シルバは『回復《ヒルタン》』を唱えた。

ヒイロの身体を青白い聖光が包み込み、矢が抜け落ちる。

傷はあっという間に塞がってしまう。

こうなってくると、ネイサンとしては、いよいよまずい。

「ポ、ポール！　そのデカいのにも『崩壁《シルダン》』は、効いているはずだ！　早く終わらせろ！」

ポールに指示を与えながら、ネイサン自身もなりふり構ってはいられなくなった。

短い詠唱で発動可能な攻撃魔術を、こちらに向かってくるキキョウへと、矢継ぎ早に繰り出していく。

「この程度ならば、すべて弾くぞ」

そのすべてを刃で受け止めながら、キキョウが迫る。

そして、神官の戦鎚《メイス》との切り結びが始まった。

「け、けど兄貴！　コイツ、やたら堅《かて》ぇんだよ‼」

ネイサンと同じく、ポールもまた苦戦していた。

まるで、攻撃が通る気配がないのだ。

「うん、まあそりゃそうだ。そっちの『崩壁《シルダン》』、タイランには効いてないからな」

「な」

シルバの言葉に、ポールは言葉を失った。

「……あ、あの、言ってませんけど、私の鎧、魔術無効の効果があるんです」

言われて気がつく。

目の前の重装兵の鎧に、うっすらと浮かび上がっている複雑な文様《もんよう》。

対魔コーティングどころか、絶魔コーティング。

そして左胸に削られたような痕《あと》があるのは、本来紋章と認識番号があったのではないだろうか。

そして紋章こそなくなりこそすれ、その痕からわずかに判断できる所属は——。

「魔王討伐軍《オルレンジ》っ⁉」

もしそれが、軍の正式採用品ならば、魔族の上級攻撃魔術にすら耐えうる恐ろしく高性能な代物《しろもの》だ。

もっとも、対魔コーティングと違い、味方の魔術すら弾いてしまうという問題点があるのだが。

「……す、すみません」

謝りながら、タイランは斧槍でポールの攻撃を捌《さば》き続ける。

その動きも、大分様《さま》になってきていた。

「んで、アンタがここに来るまでの間に、攻撃力を上げる増強薬と、スピード上げる加速薬飲んでもらっているからな。ちゃんとついていけてるだろう、タイラン」

「は、はい、何とか」

グルン、と斧槍を振り回しながら、タイランは頷く。

よし、とシルバは内心頷いた。

やはり、本気で倒しにくる相手との立ち会いはいい訓練になる。

この戦いで、タイランの斧槍の技量は、一段階上がったとみていいだろう。

タイランは、大胆に前に踏み込み始めた。

「こ、この野郎ぉ……‼」

斧槍の威力に両手斧を弾かれ、ポールは歯がみした。

「ポ、ポール！　早く！」

ネイサンの手から、勢いよく炎が迸《ほとばし》った。

しかし、魔術の炎をヒイロは避けようとすらしなかった。

既にネイサン側の盗賊と神官は、キキョウの峰打ちによって倒れている。

『手遅れであるな』

『うん』

「『大盾《ラシルド》』」

シルバが指を鳴らすと、炎はヒイロに届く前に、不可視の障壁に阻まれ霧散した。

『助かるぞ、シルバ殿』

「これが俺の仕事だから——仕上げといこうか」

シルバはタイランの後ろから、脇に向かって駆け出した。

それを止められる者はいない。

「何⁉」

「何だって⁉」

前衛はタイランと切り結んでいるポール以外は全滅。

ネイサンもキキョウとヒイロに迫られ、シルバに向けて攻撃魔術を放つ余裕なんてない。

むしろ、予想外の行動に出たシルバの姿に、一瞬意識を向けさせられた。

シルバはただ、飛び出しただけ。

けれど、それは致命的な隙を二人に生んでいた。

「今です！」

タイランは斧槍を振り切り、その柄《え》でポールの土手っ腹を横殴りにした。

「があっ⁉」

息を詰まらせながら、ポールは五メルトほどの距離を吹き飛ばされる。

そのまま仰《あお》向《む》けに倒れ、動かなくなった。

「——『豪拳《コングル》』」

シルバが、指を鳴らした。

骨剣を構え、ネイサン目掛けて駆け出していたヒイロの肉体に力が漲り、赤いオーラが身体から陽炎《かげろう》のようにあふれ出した。

「いくよっ‼　歯ぁ食いしばれぇ‼」

キキョウが一歩退き、ヒイロとネイサンの距離が縮まる。

「待っ――」

「飛んでけーーーーっ‼」

ヒイロが明るい声と共にアッパースイング気味に、骨剣を振り上げた。

ゴスッ‼

顎を砕かれ、ネイサンは高らかに青空に舞った。

長い滞空時間を経て、ネイサンの身体はドサリと草原に倒れ込んだ。

「はい、俺達の勝ち」

シルバの宣言と共に、丘の観客《ギャラリー》達から歓声が沸き上がった。

戦い終わって

THERE IS SOMETHING STRANGE ABOUT OUR MEMBERS.

シルバ達や初心者パーティーに囲まれる中、ネイサン一味は傷だらけパンツ一丁の姿で正座させられていた。

武器や鎧は、全部シルバ達が没収した。道具類から有り金まで、全部である。

「……じゃあ足りない分はこれで、勘弁してやるという方向で」

「タイラン、すごいよね。先輩の道具袋……」

「ええ……あの鎧三つが、全部入っちゃいましたよ。あれ、相当容量のあるマジックバッグです」

俺のじゃなくてキキョウのなんだけどな、とシルバは後ろのヒイロ達のやり取りを聞いて思った。

ちなみに当然、戦闘が終わると同時に、全員の解毒は済ませてあった。

ついでにポールも解毒しておいた、シルバである。

「してシルバ殿、彼らの処遇はこれでよいのか？　どうも、彼らの側に不満があるようだが……」

ふてくされる彼らを見下ろしていたキキョウが問うが、シルバは頷いた。

「まあ、そっちの不満はどうでもいい」

彼らがやったことと言えば、それこそ有り金全部巻き上げた程度だ。

装備品を全部売り払っても五万カッドにはならないだろうが、その半額ぐらいには余裕で届くだろう。元々は五千カッドの予定だったし充分だと、シルバは思う。

「くっ……」

ネイサンは悔しそうに、シルバを見上げた。

「それでさ」

正座する彼の前に、シルバはしゃがみ込んで目を合わせた。

「アンタら、誰に頼まれた？」

ぐ……と詰まるネイサン。

シルバは残りのメンバーを見渡したが、皆顔を背けた。

「……まあ、大体の察しは付いてるんだけどさ」

シルバは立ち上がり、息を吐き出した。

「どういうことだ、シルバ殿」

キキョウは眉根を寄せた。

シルバは腰の道具袋を外した。

すると、ネイサンの肩がピクリと揺れた。

ポールはもっと反応が顕著で、道具袋に釣られるように視線どころか頭が揺れていた。

「ほら。これのこと知ってる人間なんて、限られてるんだぞ」

「某《それがし》とシルバ殿。それにシルバ殿の前パーティーぐらいであるか。……となると、前パーティーの関係者と考えるのが、妥当であるな」

「そういうこと。でも、イス——リーダーやロッシェはそういう性格じゃないし、テーストならその場で交渉するだろ。バサンズはそもそも友達が少ないから、こんな連中にコネもない」

「となると……」

「……ノワにはこの道具袋が俺のだって言ってなかったからな。考えてみろよ。仮にこの道具袋がパーティー共用のモノで、荷物を管理してた俺がいなくなったら？」

「その、ノワという少女が手にしていたことになる。しかし、計算が狂った。シルバ殿と共に、この道具袋もなくなってしまったのだな」

シルバは頷いた。

「何より、この初心者訓練場で、俺達に絡んでくる理由なんてないんだよ。初心者狩りやりたいのなら、楽に勝てるのがそこらじゅうにいるんだ。俺を抜きにしても鋼鉄級のキキョウがいるパーティーに因縁をつける必要なんてない。実際、他の連中には紳士的に接して、いざ勝負って時になってやっと本性出したらしいだろ。なのに俺の時だけ断ると、いきなり暴力に訴えてきた。本命の俺達は、力ずくでも絶対に逃がしたくなかったんだよ」

再び、シルバはしゃがみ込んだ。

「で、どうなんだ？　大方『ノワのために、あの道具袋手に入れてきて♪』みたいなノリで、頼まれたんじゃないかと思うんだけど」

仏頂面《ぶっちょうづら》のまま、ネイサンが口を開いた。

「……依頼人の素性を話すと思うか」

「へえ、依頼人ってことは、金もらったんだ」

シルバの指摘に、しまったとネイサンは顔を顰《しか》めた。

「……ま、いいよ、別に。明確な証拠なんて、特にいらないし」

リーダーであるネイサンはともかく、ノワという名前を聞いた他の連中の挙動不審ぶりから、シルバは彼女で間違いないという確証を得た。

イスハータかテースト辺りに話を通せば牽制ぐらいに……は、無理か。

今の色ボケ状態のアイツらじゃ、こっちの話なんて聞いてくれそうにない。

「ただ、こちらのリーダーが誰かぐらい、調べといた方がいいな。おかげで、ウチのパーティーの個々人の性能を全然知らないのが、丸わかりだぞ。大方新米パーティーって聞いて甘く見たんだろうけど、いくら何でも油断しすぎだろ」

好き放題に言われて、さすがにネイサンも悔しそうだ。

だが、それを堪えて立ち上がろうとする。

「じゃあ、僕達はもう用済みだな？」

「うん、俺達はな」

「俺達？」

「払いきれなかった金額分は、身体で払ってもらおうじゃないか」

シルバは立ち上がり、大きく手を叩いた。

そして高らかに、腕を突き上げた。

「さあ！　装備一切なくなったパーティーがここにいる訳だが——このチャンスに、誰か模擬戦申し込む人ーっ！」

「おーーーーーっ‼」

シルバの声に応え、周囲のパーティーが一斉に腕を突き上げた。

周囲の好戦的な雄叫びに、パンツ一丁の六人が慌てふためく。

「ま、待て！　ちょっと待ってよ⁉」

困惑するネイサンの両肩を、笑顔のシルバが元気よく叩いた。

「俺に言うなよ。頼むなら、周りの奴らだろ？　お前らがさっき倒した新米パーティー連中」

「ぼ、僕達は負傷しているんだぞ！」

「そうか。なら、回復してやるよ。心配しなくてもまだ、魔力に余裕はある」

「いえ、司祭様にお手を煩《わずら》わせる訳にはいきません。ここから先は私達にお任せください」

名乗り出たのは、助祭のチシャだった。

「ああ、助かる。それじゃ、ローテ組んで回復をやってくれ」

「はい」

ネイサン達は絶叫と共に、初心者パーティーの中に埋もれていった。


「んでまー、俺達だけど。ん、キキョウどうした？」

「シルバ殿。アレだけで本当によかったのか？」

「アイツらはあれ以上喋らないよ。でも、連中の根城にしている酒場もついでに聞き出して分かったし、調べればノワの目撃情報ぐらいは掴めるかも知れない。といっても、それも状況証拠だけどなぁ……防犯対策ぐらいはあるけど、もしかしたらまたみんなに、迷惑掛けるかもしれない」

「某は別に構わぬが……二人はどうだ？」

「んー、ボクは、難しいことはよく分からないや。トラブルが来たなら、迎え撃てばいいんじゃない？」

ヒイロは首を傾げ、タイランはおずおずと手を挙げた。

「わ、私も別に……素性の知れない私を拾っていただけただけで、御《おん》の字《じ》ですので……」

「ま、我ながら甘いと思うけど、なるべく早く尻尾を掴んで、決着をつけたいところだな」

面倒くさいし、と付け加えながらシルバは肩を竦めた。

「じゃ、この件はひとまず決着の方向で。本来の訓練の続きだな。まずはヒイロは複数人から攻撃された時のパターンをまだ見てないから、それやってみようか」

シルバの提案に、何故かヒイロは姿勢を正して頷いた。

「う、うん！」

「……どうした？　妙にかしこまって」

「いえ！　そんなことはないです！」

まるで鬼教官を前にした、新米兵士のようだ。いや、鬼なのはヒイロなのだが。

「変な奴……ま、いいや。誰か手伝ってくれる人ー」

周りに誘いを掛けてみると、パーティーの一つが進み出てきた。

「なら、俺達が手伝おう」

「お、カルビン、助かる。っていうか、みんなもすまないな。どうやら、俺の私事に巻き込んだみたいなんだけど……」

　頭を下げようとするシルバに、カルビンは首を振った。

「加害者は彼らで、貴方達は被害者だ。気にするな」

「や、そう言ってもらえると助かる」

「しかし、どういう事情かは、少々気になるな。どういう恨みを買った？」

「あー……」

　シルバは困り、キキョウを見た。

「ちょっと、言いにくい事情だな」

　キキョウも苦笑する。

「難しい問題なのか」

　真剣な顔をするカルビンに、キキョウはヒラヒラと手を振った。

「いや、真面目に語ると、相手に対する悪口みたいになってしまうので、説明が厄介なのだ」

「それはこちらで片付ける問題として……それじゃタイランも防御の稽古付けてもらおうか」

「は、はい。承知しました、シルバ様」

　ヒイロと同じく姿勢を正す、タイランだった。

「……何で様付け。呼び捨てでいーって」

「そ、そういう訳には……」

「だって、ねえ……？」

「ええ……」

ヒイロはタイランと小声で囁き合った。

強さを尊ぶ鬼族《オーガ》の気質もあって、正直、ヒイロはシルバを侮《あなど》っていた。

冒険者なのに、ビックリするぐらい弱い。

一対一で戦ったら、ヒイロが全戦全勝したのだ。

キキョウが何故、シルバに敬意を払っているのか、サッパリ理解できなかった。

タイランも、ヒイロのように侮るようなことはなかったが、やはり練習でやり合った時にシルバに負けなかったので、白銀級というのは何かの間違いではないかと疑ったりもした。

だが、ネイサン達との戦いで、ヒイロ達は気付いた。

当たり前の話だが、シルバは聖職者である。

味方を癒やし、強化する。

加えていくつかの魔術で、敵の動きを妨害、狩人から手に入れた毒薬で精神的な揺さぶりも行ない、『透心《シンツ》』という精神共有でパーティー全体の意思を統一する。

さすがにヒイロも理解した。

シルバは攻撃はしないが、戦わない訳ではない。

むしろ集団戦なら誰よりも戦力となっている、支援特化型の聖職者なのだ。

ヒイロもこれまであちこちを旅をし、何度も戦ってきたが、今回の戦闘はこれまでで一番楽だった。

相手が弱かったのではない。

傷を負えば即座に癒やしてもらえ、何をすればいいのかの指示も的確。

ほとんど勢いで加入したのだが、もしかするととんでもなくすごいパーティーに入ってしまったのかもしれない、と思うヒイロだった。

「何かよく分からないけど、とりあえず訓練はまだ続いてるからな。それとも疲れたか？」

ちょっと心配そうなシルバに、ヒイロとタイランは何度も首を振った。

「いやいやいやいやいや、全然！　行こう、タイラン！」

「は、はい！」

二人は慌てて、動き出したのだった。


ヒイロとタイランが、カルビンらに付き合ってもらうのを眺め、キキョウはシルバに声を掛けた。

ぶんぶんと、狐の尻尾が揺れている。

「ではシルバ殿には、某に付き合ってもらうと……」

しかし、それを最後まで言うことはできなかった。

「キキョウ・ナツメ様ですよね！」

「うおっ⁉」

押し寄せてきた女性冒険者達に、たまらずキキョウは後ずさった。

「これまで誰ともパーティーを組まなかったのに、どうして司祭様と組むことになったのですか？」

「や、そ、それはその、シルバ殿の人徳というか……シ、シルバ殿！　助けてくだされ！」

手を振ってシルバに助けを求めたが、人の波に押されてずいぶん離されてしまった。

シルバとしても相手は女性であり、手荒に押しのける訳にもいかないのだ。

困惑するキキョウに構わず、女の子達は頬を赤らめながら、主張を強めていく。

「せっかくですから、アタシ達にも稽古を付けてください！」

「あ、ズルイ！　わたしもーっ！」

「よろしいですよね、司祭様！」

全員の真剣な視線が、一斉にシルバに集中した。

超怖い。

「え、あー、ちょっとキキョウが困ってるから、落ち着け、みんな」

「順番ですね⁉　みんな、クジを作るわよ！　恨みっこなしだからね！」

「参加者何人よ？　え、こんなにいるの⁉」

「あら、あなたカナリー・ホルスティン様の派閥《ファンクラブ》の人間だったんじゃないの？」

「これがカナリー様の魔術講座だったら、貴方参加しなかった？」

「私が悪かったわ」

妙に殺気だったクジ引き大会が開催される。

「……こ、これだから、某は自分でパーティーを組みたくなかったのだ」

メンバーを募集すればあっさり人は集まるだろうが、困るのはキキョウ自身なのは目に見えていたからである。

ちなみにカナリー・ホルスティンというのは、この辺境都市アーミゼストにおいて、キキョウと人気を二分する吸血鬼の貴公子だ。

「やれやれ……」

すっかり蚊帳《かや》の外に置かれたシルバだった。

「司祭様……」

「ん？」

近付いてきたのは、何組かのパーティーだった。

彼らはシルバの前でゴドー聖教の印を切り、頭を垂れた。

「ありがたい冒険者の心得、痛み入りました。よければ、違う説法も頂ければと思うのですが……」

「い、いやいや、別にそんな大した話はしてないし！」

ドン引くシルバだった。

「それにしても、毒の魔術をそのまま放置して戦うというのは……相当に勇気のいることではないですか？」

冒険者の一人の問いに、シルバはホッとした。

そういう質問なら、答えられる。

「毒の魔術には、三つの効果があるんだ。一つは本来の効果、対象の体力を少しずつ減らすこと」

「はい」

「もう一つは、焦りを生ませること。体力が徐々に減り続けていくっていうのは、一度に減るのとは別のストレスがある。通常の回復じゃ、体力の減少は打ち消せないし」

「分かります。『解毒《カイドゥ》』が必要ですからね」

「最後に、治療をする人間の手間が掛かる。一人ならまだしも、複数人ともなるとそれで手一杯になっちゃうだろ。毒状態に仲間からせっつかれると、さらに焦りも入るしな。味方への強化《バフ》もできなくなっちゃうんだよ」

「……なるほど」

「もちろん、今回毒を無視したのは、一回の短い戦闘だったのに加えて、みんなからの情報で相手が使ってくる毒が即効性じゃないのが分かっていたからで、毎回こんな方法を使っていいってことじゃない。お前ら毒を食らうけど我慢しろ、なんて作戦は事前に話しておかないと、あとで仲間から袋だたきに遭うぞ」

「それは確かに」

シルバの答えに、周りから笑いが起こった。

こうしてシルバは、冒険者の先輩としての講義をしばらくこの場で行うこととなったのだった。


数時間経過した夜、某酒場。

ドン、と勢いよくカウンターにジョッキが叩き付けられた。

「はぁ⁉　何で、そんなことになってんの⁉」

商人の美少女は、仲間から入手した話に声を荒げていた。

「信者増やして、新米パーティー十九組と協定結んで、しかもその団体《グループ》の相談役に……？　訳分かんないわ……何それ？」

彼女……ノワの狙いは、シルバの持つ収納の魔道具である道具袋だ。

こっそりと『鑑定』で確かめてみたところ、その容量は通常のそれとは比べ物にならないほどの破格。

高ランクパーティーでも、馬車一台分の容量の道具袋が精一杯だ。

そのレベルの道具袋でも、数年単位の借金が必要になるほどの高値である。

冒険者パーティー『プラチナ・クロス』がそれを所持していたのは、おそらく冒険の途中で、稀少《レア》な宝箱か何かから入手したのだろうと踏んでいたのだが、それがシルバ個人の所有物（しかも借り物）だったなんて、想像する方が難しいではないか。

稀少度、性能どちらにしても、ノワとしては是非とも欲しい逸品だ。

そこで、はた、と気がついた。

「……道具袋がどこにあるかは分かっているんだから、盗賊ギルドにちょっとお願いして、掏《す》ってもらうってのは、どうかな？」

ノワの呟きに、部屋の暗い隅でクスリと小さな笑いが漏れた。

「やめておいた方がいいでしょうね」

「むー……どうしてよ、クロス君」

クロスと呼ばれた、金髪に銀縁眼鏡《ぎんぶちめがね》を掛けた紅瞳の青年が、テーブルに指を向けた。

するとテーブルに、小さな四人の幻影が出現した。

「今日の夕方、初心者訓練場を出たあとの彼らを、映したモノです。雑貨屋で買い物を済ませたところですよ」

幻術であり、投影されている四人はシルバ達一行だった。

クロスが指を回すと、幻影の腰の部分だけが拡大された。

「んー……？」

ノワが目を凝らして、それを見た。

クスクスとクロスは苦笑いを浮かべた。

「単純に、どれを狙えばいいか、分からないようにされたんです」

シルバ、キキョウ、ヒイロ、タイランの四人の腰には、同じような道具袋が引っ掛けられていたのだ。

「もー！　何なのこの小賢しい連中ーっ！　今すぐ叩き潰したいっ！」

ノワは地団駄を踏んだ。

けれど、クロスはそれを咎《とが》める様子もなく、微笑むばかりだ。

「ははは、僕とロン君の手が空いてからにしてくださいね」

「そういうクロス君は、捜し物見つけたの？　何だっけ……『牧場』？」

「ある程度、絞れてきてはいますよ。今は、協力者からの連絡待ちですね」

クロスは、クイ、と自分の銀縁眼鏡を指で持ち上げた。

森の中の小さな依頼

THERE IS SOMETHING STRANGE ABOUT OUR MEMBERS.

「たあぁぁーーーーーっ‼」

森の中、骨剣を大きく振りかぶったヒイロが、敵に向けて勢いよくそれを振り下ろした。

しかし、小さな影は素早く骨剣を回避し、空へと逃れる。

「う、わ……だ、駄目、先輩、これ当たんないよ‼　迎撃失敗！」

ヒイロが頭上を見上げると、小馬鹿にしたように敵は細かい旋回を繰り返した。

「ぐぬぬぬぬ……」

敵の正体は、ハチの群れだ。

一匹一匹がとても小さく、ヒイロの骨剣ではほとんど倒すことができないでいた。

悔しそうに歯軋りするヒイロの後ろで、シルバは吐息を漏らした。

「……だから、先に俺、言っただろ。どう考えてもこれ、ヒイロには不向きだって。大体、迂《う》闊《かつ》に相手の縄張りに入っちゃ駄目だろ。ほら、また襲われるぞ！」

ブン、と羽を震わせ、ハチの群れがヒイロ目掛けて、急襲を掛けてきた。

赤子の拳《こぶし》ほどもある身体は赤く、鋭いシルエットを持っている。

レッドクロービーと呼ばれる種類のハチ型モンスターだ。

「タイラン、頼む」

「は、はい……あとヒイロ、落ち着いて。シルバさんが事前に『鉄壁《ウォウル》』を施してくれてますから、蜂の針ぐらいなら刺されることはないはずですよ……ただ、目にだけは気をつけてください」

ヒイロを守るように、タイランが前に出た。

動く鎧《リビングメイル》であるタイランには、ハチの刺突《しとつ》などまったく問題にならない。

そういう意味では今回の依頼には、うってつけの人材だった。

「ううー……！　て、撤退っ‼」

そんなタイランから少し距離を取っていた、シルバとキキョウのもとに、ヒイロも戻ってきた。

「骨剣を振り回して当たっても、空を舞うハチが相手では威力も半減。ヒイロとは、相性が悪すぎるのだ。某《それがし》でも少々荷が重い」

「ぬぅー……」

「ヒイロ、特に怪我はないな。それじゃ、後はタイランに任せよう。頼んだぞー」

シルバは数メルト先にいる、タイランに声を掛けた。

タイランには、まるで黒い雲のように大量のレッドクロービーがまとわりついている。

しかし、鋼の身体には、完全にノーダメージだ。

「は、はーい……あの、別に殺さなくてもいいんですよね？」

「小さい方からの依頼は、『追い払う』だからな。縄張りの外に巣を移せばいいだろ」

「分かりました。……すみません、ここには既に先住のハチがいますので、よそに移動してもらいますね」

幸いなことに、蜂の巣は低い位置にあり、タイランがつま先を伸ばせば何とか掴むことができた。

一抱えほどあるそれを抱きかかえると、ますますハチの数は増えてきたが、タイランは気にすることなく、森の奥へと足を進めていく。

距離を取り過ぎないように気をつけながら、シルバ達もその後をついていった。

巣があった場所と似たような木を見つけると、タイランはそこに巣を抱えた両手を伸ばした。

しばらくして、レッドクロービー達はタイランの意図に気付いたのか、何やら粘液的なモノで巣を木に固定していく。

人間ならば持ち上げっぱなしも疲れるだろうが、タイランは辛抱強く最後まで、腕を伸ばししっぱなしだった。


仕事が終わり、シルバ達一行は森の中を引き返し、歩いていた。

「いや、今回はタイランがいて助かったたな。何しろ刺される部分がまったくない。全部任せるのはちょっと心苦しかったけど」

「い、いえ、こんな仕事でしたら、いくらでも……そんなに、重い物でもなかったですし……」

タイランは謙遜《けんそん》するように、その身体を縮める。

……もっとも、元が大きいのでその効果はあまり見えないが。

「はい、先輩！」

「何だよ後輩」

何故か勢いよく挙手したヒイロに、シルバは付き合った。

「こういう敵の場合、ボクはどうすればいいのかな?」

「逃げる?」

「逃げるのは、や!」

戦闘種族・鬼族《オーガ》の矜持《きょうじ》であった。

ふーむ、とシルバは腕を組んで唸った。

「じゃあ、点じゃなく面での攻撃だな」

「面?」

ほにゃ? と首を傾げるヒイロ。

「キキョウ」

シルバは、少し後ろに控えるように歩いていたキキョウに、視線をやった。

ピンとキキョウの耳が立ったかと思えば、その尻尾が大きく揺れ動いた。

「うむ、単体相手ではなく、いわゆる範囲攻撃であるな。某の場合は、風で切り刻む攻撃がそれに当たる」

「よろしくお願いします、師匠!」

「師匠……いい響きであるな。が、まあ某とヒイロでは武器の使い方も異なるし、斧や棍棒といった武器の熟練者に教わる方がよいであろう」

クールに語っているが、キキョウの尻尾はちぎれんばかりに左右に振れていた。

「なるほどー」

どうしよっかなーと、ヒイロもシルバを真似るように腕を組み、考え始めるのだった。


さて、とシルバはやや大きな木の前で、足を止めた。

シルバ達の周囲に、低い羽音が漂い始める。

「そもそも、自分で戦うことに拘《こだわ》る必要もないんだぞ。催眠剤とか殺虫剤を用意すれば、今回の仕事も普通にできるんだし」

「あ、あの、シルバさん……！　殺虫剤と聞いて、ちょっとこの子達怯え始めてるんですけど……！」

タイランの注意に、シルバはしまった、と髪を掻いた。

レッドクロービーの蜂の巣の移動を頼んだのもまた、ハチなのだ。

「っと、悪かったな」

シルバが詫びると、タイランの背中や木の陰に隠れていた、小さなハチの群れが怖ず怖ずと姿を現した。

ヨツバチと呼ばれる種類のハチ型モンスターだ。

「このタイランが、ちゃんと森の奥の方に連中の巣を移動させた。もう、レッドクロービーに襲われることはないぞ」

「ちょ、シ、シルバさん……！」

「いや、でも本当のことだろ？」

「ボクは襲われた！」

「そりゃ、いきなり突っ込んだからだっつーの！　反省しろ！」

そんなやり取りをしていると、ハチの群れが動き『ありがうと』と文字を作った。

若干間違っているのは、ご愛敬である。

続いてハチ達が矢印を作ったので、そちらに向かうと木の洞《ほら》に黄金色の蜂蜜が溜まっていた。

ヨツバチのそれは、店で買えば高値がつく高級蜂蜜だ。

「……キキョウ、ヒイロ、パンケーキはお好きかな？」

「大好物なのである！」

「ボクも！」

シルバは腰の道具袋から、ポーション用の瓶をいくつか取り出した。

直接掬《すく》って、蜂蜜を回収していく。

「タイランは、何かドリンクでも作ってもらおうか」

「あ、ありがとうございます！」

蜂蜜の回収を終えると、シルバ達は帰途につくことにした。

「とにかくこれで、依頼達成だな」

「冒険者ギルドを通さぬ依頼であるがな」

「しょうがないだろ。本来は薬草採取が仕事だったんだから」

薬草採取は、冒険者ギルドにおいては常時依頼と呼ばれる種類であり、事前に受付を通さなくても採取後の持ち込みで報酬が手に入るのだ。

同じようにいくつかの野生のモンスターの素材を集める依頼も、常時依頼としてある。

対人戦は初心者訓練場で行ったが、モンスター相手の戦いはまた違う。

パーティーの連携を馴染ませること、同時に素材を採取して稼ぎも得よう、というのが今日の目的であった。

「まさか、そこで小さなハチに助けを求められるとは想定外だったけどな」

「……某としては、昆虫を相手に『透心《シンツ》』が適用されたことの方が、想定外であったぞ」

「分かる。それ超分かるよ、キキョウさん」

「ゴドー聖教において『透心《シンツ》』は相手と心を通わせる祝福だ。例え相手に言葉が通じなくても、ダイレクトに意思を伝えることができるとか、布教を目的とするならすごい術だろ？　まあ俺は布教よりも連絡手段として使ってるのが主だけど」

「あの、ゴドー聖教の他の神官さん達も、やっぱり昆虫と意思を通わせあったりとか……してるんですか？」

「しないしない。今回は明らかにレアケースだよ」

シルバはヒラヒラと手を振った。

「動物相手も、まあしないんじゃないかなぁ。野良の犬猫とか街中での情報収集には助かるんだけど、『透心《シンツ》』習う神官って、冒険者とかあまりやらないから」

「……う、うーん、それ、冒険者かどうかと関係ない気がするんだけどなあ」

「便利なんだぞ。捨て猫とかいたら里親を紹介しやすいし、今回みたいに戦闘にならずに済む場合だってある」

「それは分かるけど、何か消化ふりょー……」

ヒイロは不満そうだ。

イレギュラーな頼まれごとで、結局まともな戦闘は行っていないのだ。

かといって、今から訓練をするには少々時間が中途半端。

一旦戻って、訓練は明日に延ばすことになったのだった。

タックルラビットの襲来

THERE IS SOMETHING STRANGE ABOUT OUR MEMBERS.

――しかし、その予定もまた崩れることになった。

木々の間から辺境都市アーミゼストを囲む城壁が見えた辺りで、不意に敵の気配が強まったのだ。

森の中でも、やや開けた場所。

木の間や大きな岩の陰から、中型犬ぐらいの大きさのウサギが何匹も姿を現した。

体当たりを得意とする、タックルラビットと呼ばれるモンスターだ。

その強さは、冒険者でなくても多少腕っ節があれば倒せる程度であり、その肉は農家の晩ご飯に上ることも珍しくない。

ただ、シルバ達を囲むその数は多く、しかも取り囲まれていた。

ザッと数えても三十は下らないだろう。

「キターーーーーッ‼」

そんな状況で、ヒイロは目を輝かせていた。

さすが、戦闘を好む鬼族《オーガ》である。

「ヒイロよ、機会が訪れて喜ぶのは分かるが、油断せぬように」

「うん、分かってる！」

キキョウが注意するが、ヒイロは今にも飛び出したくてウズウズしているようだった。

キキョウは小さく吐息を漏らした。

「シルバ殿」

数は多いが、練習相手としては手頃なモンスターだ。

「ヒイロは突撃。それを見て、キキョウは任意。タイランは後ろを頼む」

「らじゃっ！」

「心得た」

敵が動き出すより早くシルバが指示を送ると、ヒイロは弾丸のように飛び出した。

一方キキョウはシルバからやや距離を取りつつも、まだ抜刀はしないまま、警戒の態勢で腰を落としていた。

「う、後ろですか……？」

戸惑いながら、タイランはシルバの背後に回った。

後ろを頼むということは背後からの攻撃に注意しろという意味だろうと察したのか、そのままシルバとは背中合わせで斧槍を構える。

「——『透心《シンツ》』」

シルバが指を鳴らすと、頭に周囲の地形とモンスターの配置が流れ込んでくる。

シルバ、ヒイロ、キキョウ、タイランの視界が『透心《シンツ》』によって統合され、全体図のように全員の意識に送られているのだ。

「あ……これ、すごいですね。だから、私が後ろになったんですか」

「ああ。これだけ『目』があれば、大体の敵の位置も分かるようになる。囲まれていても、早々後《おく》れを取ることはないだろ」

特にタックルラビット達の動きに気を配っているキキョウと、後ろを見ているタイランの役割は大きい。

「では、シルバ殿。某《それがし》もそろそろ動くとする」

「頼んだ」

既に正面にはヒイロが切り込み、タックルラビットとの交戦が始まっていた。

モンスターは好戦的だが、多少の体当たりでヒイロがダメージを負うことはほとんどなく、むしろ反撃で吹き飛ばされるタックルラビットの数の方が多かった。

そのままヒイロが時計回りに動こうとしているので、キキョウは反時計回りに進むべく、やや左正面へと早足で掛けていく。

そして、シルバから見ると左右や後ろのタックルラビット達が、徐々に包囲を狭めてきていた。

「シ、シルバさん、私は……」

「落ち着いて、一匹ずつ片付けていけばいい。タックルラビット相手なら、よっぽどのことがない限り、俺も致命傷を食らうことはないだろうし、それなりに自衛はできるつもりだからさ」

「は、はい……！」

一匹のタックルラビットが跳躍し、タイランの頭を狙ってきた。

「くっ！」

タイランは斧槍で、これを振り払った。

「キュッ!!」

悲鳴を上げながら、身体を切断されるタックルラビット。

そのままタイランは、跳躍態勢にいる別の一匹を突こうとするが……あっさりと横に回避されてしまった。

二匹目、三匹目も同様だ。

「シ、シルバさん……当たりません。うさぎさんが素早いです」

「さっき仕留めた時みたいに、跳んだ時を狙うんだ。空中にいる間は、身動きが取れないだろ？」

シルバはタイランの方を見てはいない。

しかし、『透心《シンツ》』で状況はしっかりと見えていた。

「あ、なるほど……や、やってみます」

少しずつ、タックルラビットは包囲網を縮めてきているが、タイランはこれに耐えた。

そして、その内の一匹が跳躍し——タイランは斧槍を振るった。

「あ、当たりました！　……でも」

今度は次から次へと跳びかかってきた。

何匹ものタックルラビットが、タイランにぶつかってくる。

タイランは分厚い甲冑のおかげでダメージこそないが、問題はシルバだ。

「問題ない——ちょっと音を出すぞ」

包囲網が限界まで狭まったのを見極め、シルバは両の手を勢いよく合わせた。

パァンッ!!

大きな音が炸裂し、タックルラビットは動きを硬直、ひっくり返る、後ろに跳び退《すさ》るの三つの反応を示した。

「ひゃっ⁉」

音に驚いたのは、タイランも同じだ。

事前に注意されていなければ、タックルラビットと同じように跳び上がっていたかもしれない。

「――『浄音』。小さな呪詛の類を祓《はら》う技なんだがね。こうやって牽制にも使える。タイラン」

「は、はい！　えいっ、やっ！」

シルバに促され、タイランは動きを止めたりひっくり返ったタックルラビットを、次々に仕留めていった。


一方、前方ではヒイロが苦戦をしていた。

「む～～～～～」

最初こそ機先を制して、数匹のタックルラビットを倒したものの、敵もヒイロの大振りを見極めたのか、次第に回避されるようになってきたのだ。

『ヒイロよ、大きく振るより、突くことを意識するのだ。当たりさえすれば、お主の膂力《りょりょく》ならば充分なダメージを与えられるであろう。大振りの方が気持ちは良いであろうが、そも、当たらなければ意味がないのだ』

「うすっ！」

少し離れているキキョウの声が『透心《シンツ》』を通して、ヒイロに伝わってくる。

忠告に従い、突きを重点的に繰り出していく。

そうすると、さっきよりもタックルラビットを倒せるようになってきた。

気が荒ぶったのか、何匹ものタックルラビットが一度に跳びかかってくる。

「なら……！」

ヒイロは振るっていた骨剣を地面に突き立て、拳と蹴りでそれらを迎撃していく。

「うん、いい感じに身体が温まってきた」

「……鬼族《オーガ》の戦闘センスはさすがであるなぁ。さて、某は……」

シルバから見て左手を、キキョウが移動していた。

駆けてはいないが、速歩だ。

何匹ものタックルラビットが跳びかかるが、それらはまったくキキョウには当たらない。

ただ、倒してもいないので、キキョウを追うタックルラビットの数は増すばかりであった。

「そろそろ、よいか」

スイ、と滑るようにターンし、刀の柄に手を掛ける。

そして一気に加速し――――数回の剣閃が空間上を走り――――タックルラビットの群れの間を駆け抜けた。

「まとめた方が楽なのである」

タックルラビット達は一瞬震えたかと思うと、身体を両断されて絶命した。

ヒイロとキキョウは問題なさそうだ。

シルバはそう判断し、左右のポケットから石ころをいくつか、両手の中に収める。

何匹かのタックルラビットがシルバを襲ってきたが、回避に徹していれば深手を負うことはない。

「キュウッ‼」

素早いステップで、新たなタックルラビットがシルバを突き飛ばそうとする。

「っ！」

石ころを握った手で殴るが、タックルラビットは何ら痛みを感じる様子もなかった。

ただ、相手の攻撃を弾くという意味では成功し、タックルラビットは着地をすると悔しげにシルバを睨んだ。

「厄介だよなぁ……」

『シルバ殿。某が援護した方がよいか？』

『透心《シンツ》』でキキョウの心配した声が伝わってくるが、シルバは首を振った。

「いや、いい。これぐらいの相手なら、何とかなる」

そもそも、手の中に石ころを収めたのは、相手にダメージを負わせるためではないのだ。

そして聖句を唱えた。

「タイラン、今からもう一度、敵の動きを止める。できるだけやっつけてくれ。今度は光でいく」

「え？　あ、は、はい……え、光？」

シルバは周囲に石ころをばらまいた。

「『発光《ライタン》』」

シルバの祝福が施されたいくつもの石ころが、強烈な光を放った。

持続力ゼロ、ただし光量は最大。

突き刺すような閃光に、タックルラビット達は目を灼《や》かれていく。

シルバは身を翻し、タイランの背中を駆け上がる。

大きく跳躍し、二つ目の呪文を唱えた。

「——『飛翔《フライン》』」

『飛翔《フライン》』の効果で空中に留まったシルバは、足下の状況を確かめた。

白い光の世界は、徐々に元の色彩と輪郭を取り戻し始めていた。

タイランの周囲には、あと十数匹のタックルラビット。

その状況は、『透心《シンツ》』を通して、タイランにも伝わっている。

「いきます——!!」

タイランはグッと身を屈めると、勢いよく地を這うように斧槍を振り回した。

目を潰されたタックルラビットに、弧を描くその攻撃を回避することなどできるはずもなく、彼らは根こそぎ狩り倒されることとなった。


戦い終わって、倒したタックルラビットの死体を集め終わり、シルバ達は再び歩き始めた。

日は傾き始め、太陽は徐々に橙《だいだい》色に近付きつつあった。

反省会は、都市内に戻ってからだ。

「キキョウさん！　ボクもああいう範囲攻撃やりたい！」

戦いが終わっても元気いっぱいなヒイロは、キキョウと並んで歩きながら、そんなことをせがんでいた。

キキョウのすれ違いざまの剣閃が、よほど魅力的に映ったようだ。

「人間向き不向きってのがあるし、俺としてはヒイロにはそういう手数を増やすより、今の攻撃の威力を上げていってもらえる方がありがたいかなぁ。一撃の威力が上がれば、それだけ効率も良くなるし、キキョウとの差別化も図れる」

力のヒイロ、速さのキキョウ。

そう分けられれば、パーティーとしての役割も振りやすくなる。

「でも、ああいう格好いいのも使いたいの！」

「もちろんヒイロの意見に反対してるわけじゃない。そういうのを覚えたいっていうなら、いい修練場を探しに行こう」

「うん、分かった」

シルバの答えに、ヒイロは素直に頷いた。

まあ、範囲攻撃を修得するのは悪いことじゃないのだ。

モチベーションが高いのなら、ヒイロの意思を尊重するべきだろう。

「ちなみに、今回のような群れや集団相手には、やはり魔術攻撃が最も有効であるな。某の剣技にも限界があるし、何より体力がおそらく保《も》たぬ」

「先輩も、魔術師がいた方がいいと思うの？」

ヒイロがシルバの横に並んできた。

「そりゃな。遠距離対応の攻撃は、やっぱり強い。仮に俺が魔術師だとして、今の俺とヒイロの位置なら俺に勝ち目はない。けど、タイラングらいの距離から魔術ぶっ放されたら？」

シルバとヒイロの距離は一メルトもない。

呪文の詠唱を済ませていたとしても、ヒイロがぶん殴る方が早いだろう。

一方、振り返った先、少し後ろを歩いていたタイランとの距離は三メルトほど。

ヒイロがタイランを攻撃するとしても、『移動』というアクションを一つ要することになる。

そうなると――。

「かわす！」

「仮定の意味がまるでないだろ⁉」

ヒイロの答えに、シルバは顔を覆った。

「……魔術の威力もそうですが、知識量も違うんです。遺跡の中には、古代の魔術師の研究室なんかがあるそうで……私達がうっかり触れると、全部、台無しにしてしまうかもしれませんし……」

タイランの意見に、シルバも頷く。

そう、戦闘力もそうだが、知識面でもできれば欲しいのだ。

「ただ、魔術師で冒険者やってる奴なんて限られてるし、その中でも使える奴ってなると、なかなかかな。それに加えて、仲間としてやっていけるかってなるとさらに難易度が上がるし」

「難しいモノであるなあ」

「ま、気長に探していこう」

キキョウの言葉に、シルバは肩を竦めるのだった。

「そういえば先輩。さっきの戦闘中、タックルラビットに反撃してたけど……モンスターに対してもやっぱり駄目なんだね」

「ああ、それな」

シルバには、大きな弱点がある。

相手を傷つけることができないのだ。

全力で殴っても痛みを与えられないし、ナイフで斬り付けても肌は裂けない。

砂で目潰しを仕掛けた場合、視界を遮ることはできるが、眼球は痛くならない。

呪いでもあり、制約でもあるのだという。

初心者訓練場でのシルバとの手合わせで、ヒイロとタイランは身をもってそれを知っている。

「……まあ、それでシルバさんが戦力にならないってことには、ならないんですけど」

「うん、敵に回したくはないよね。攻撃分の力が、他に振られてるって感じがするもん」

「褒められてるのか怖れられてるのか、微妙な評価だな」

「心配せずとも、某がシルバ殿の剣となるぞ」

キキョウが尻尾を揺らしながら言う。

「うん、ま、よろしく頼む。ああでも、敵は倒せないけど一応、一つだけダメージを負わせられる奴、いるぞ」

「え、そうなの？」

「……いや、シルバ殿。その例外は正直、意味がないというか」

「あの……キキョウさんは、知っているんですか？」

「うむ、それなりの付き合いであるからな！」

むん、と胸を張るキキョウであった。

「それでその、例外って？」

「俺自身」

「……駄目じゃん」

シルバが自分を指差すと、ヒイロはガックリと肩を落とした。

森へ行こう

THERE IS SOMETHING STRANGE ABOUT OUR MEMBERS.

数日後の朝。

冒険者ギルドに併設された酒場に、シルバ達は集まった。

朝食を食べながらの打ち合わせである。

「行方不明者の捜索？」

シルバはキキョウの話を聞きながらも、パンケーキにナイフを入れる手は休めなかった。

「うむ。他に適当な難易度の依頼はなかったのだ」

一方キキョウは、依頼票を片手に、もう一方の手でやや固めのパンをスープに浸していた。

「行方不明ねぇ……それは女性？」

「いや、男性なのだが、何故女性なのであるか？」

キキョウの問いに、シルバは声を潜めた。

「……最近、この辺境都市アーミゼストの中で、失踪事件が相次いでるんだよ。女性ばかり」

「何と」

「それも、吸血鬼の仕業じゃないかって噂がある。噂の出所は不明なんだがな、そうなるとデリケートな問題だ。……ホルスティン家だったかな。力の強い吸血鬼の貴族の別邸も、この都市にはあるんだよ。表沙汰になるには、まだ早い。教会の方でも密かに調査を進めてるんだ」

「ふむ、ホルスティン家……某《それがし》も名は聞いたことがある。シルバ殿も調査に参加しているのであるか？」

「俺は、冒険者の視点で何か気がついたら報告をって言われてる程度だ。まあ、そっち絡みかなと思って聞いてみたんだよ」

「……都市の中ではないし、おそらく違うと思うのだ。何なら、新しい依頼が出るのを待つというのも手ではあるが、どうするシルバ殿」

「その仕事の詳細次第だなあ」

「ふむ、行方不明になったのは行商人。ここから北東にあるやや大きめの村から戻る途中で、いなくなったという話なのだ。後発だった大きな商隊が先にこちらに到着し、どうなったのかという話になったらしい」

キキョウが依頼票の内容を読み上げた。

「どこかに寄り道した……という可能性は、ないんですか？」

タイランはジョッキに入った桃蜜水をストローで吸いながら、首を傾げた。

固形物は今一つ、駄目なのだという。

吸収しているのか溜めているのか、シルバとしては鎧の内部が気になるが、追及するのも失礼だろうと尋ねたことはない。

「基本一本道で、寄るような場所はないのだ。行方不明になりそうな場所があるとすれば、途中山に挟まれたところにある、深い森ぐらいなのである」

「山賊かなぁ?」

それまで静かにしていたヒイロが呟く。

目の前の皿には太い骨が十数本、転がっていた。

「うむ。その線も、考えられる。依頼主は、行商人の家族であったな」

「……じゃあ、受けるか。距離的にも、そんなに遠くなかっただろ?」

「で、あるな。村まで歩いて、今の時間から歩いたとして、日が暮れるまでに到着といったところであったか」

「調べるのは山の中の森。……泊まりになりそうだな」

野営の準備はすべて、シルバの腰にある収納の魔道具となっている道具袋に収まっている。

「本音を言えば、明日の朝からにしたいんだけど……行方不明となると、急いだ方がいいよな」

「うむ」

キキョウに異論はないようだ。

「ヒイロ、タイラン。二人もよいか?」

「ボクは全然おっけーだよ?」

「わ、私もです」

そういうことで、シルバ達はこの依頼を受けることになったのだった。

辺境都市アーミゼストの城門前。

行商人の馬車や乗り合い馬車があちこちに停まり、同行者を募っていた。

徒歩の者もそうした馬車も、出入り口の手続きを経て、外へと出て行く。

「馬車はどれも、いっぱいのようですね……」

タイランによると、乗せてくれる馬車はなさそうだった。

何しろ四人、それも一人は大きな甲冑姿なので、乗せてくれる馬車をまず選んでしまう。

やや大きめの馬車で、しかも定員が四人空いている馬車、となると自然と限られるのだ。

「じゃあ、歩きかー。歩くのはいいんだけど、途中で話すネタがなくなるのが辛いよね」

「まあ、それはちょっと分かる」

ヒイロの意見に、シルバも賛成だ。

もっとも、ずっと喋りっぱなしで歩くというのも、それはそれで辛くないか？　とも思うシルバであった。

そして、歩きといえば……。

「……一応確認したいのだが、タイランは疲れるのであるか？」

「ええと……水分の補給は、欲しいですね。肉体的な疲労というより、精神的な感じで……」

キキョウの確認に、タイランは頷いた。

なるほど、動く鎧《リビングメイル》ならば人間と同じような疲労とは無縁というのは、シルバにも分かる。

「もちろん休憩は入れるであろうが……シルバ殿」

「そりゃ、途中で休むよ」

キキョウの問いに、シルバは肩を竦めた。

何時間も歩きっぱなしでは、いざ現場に到着した時、疲労した状態で仕事を始めることになってしまう。

「ただ、ちょっと楽をしようかなとは思ってる」

「む？　というと？」

「とりあえず、門を出てからだな」


冒険者ギルドの認識票を役人に見せ、シルバ達は都市の外に出た。

視界に広がるのは、なだらかな平原だ。

遠くにうっすらと見える山が目的の場所になる。

だが、まだシルバ達は歩かない。

まずシルバは、全員の武器を預かった。

それらは道具袋に収納される。

「それで、どうするのであるか、シルバ殿？」

「うん。ちょっと後ろに回るぞ」

言って、シルバはキキョウの後ろに回った。

そして、背中に手を当てる。

「え、シ、シルバ殿？」

着物越しとはいえ背中に当たる手に、キキョウの尻尾がピンと跳ね上がった。

「――『力樽《ダイリキ》』」

シルバが印を切ると、キキョウの身体からうっすらと赤い聖気が溢れ出した。

「っ⁉」

キキョウは思わず自分の手を見るが、特に何かが変わった風には見えない。

「体力を増す祝福だよ。疲れにくくなる。何にもしないうちは、効果も分かりづらいだろうな。次、ヒイロな」

キキョウと同じように、ヒイロの背中に回ってシルバは祝福を施す。

最後に自分にも『力樽《ダイリキ》』を掛けた。

シルバ達の身体から漏れる赤い聖気に、門を通行する商人や冒険者が何事かと横目に見ていくが、シルバは気にしなかった。

「じゃあ、タイランがついてこれるぐらいの駆け足で行こうか」

ゆっくりと、シルバが走り始める。

「そ、それは構わぬがシルバ殿。いきなりこんな連発で祝福を使っていては、シルバ殿の魔力が保たぬのではないか？」

キキョウが続き、少し遅れてヒイロとタイランも追ってきた。

なるほど、キキョウの心配はもっともだ。

祝福とは、神の力の代行であり、奇跡である。

聖職者は魔力を用いて神に祈りを捧げ、神はその祈りを聞き届け、力を与える。

信仰心が強い者ほど、神との結びつきが強くなる。

だが、人の身で神に接するその負担は大きく、連発は危険である。

それをキキョウは危惧《きぐ》しているのだ。

なお、魔術はこの世界の法則の切り取りであり、起こる現象は神の奇跡に似ているが、行なっていることは現象の再現に近い。

呪文や大規模な儀式も、その再現性を高めるためのモノに過ぎず、故に優れた魔術師は無詠唱で魔術を行使できるらしい。

ちなみに、この世界の外の法則を用いた術は、魔法と呼ばれるのだという。

「そ、そうですよ……いくら休憩を挟むっていっても、シルバさんが倒れてしまうかもしれませんよ……」

「いや、大丈夫。だって俺が使ったのは、俺の分の魔力だけだから」

「……ぬ？」

分からないという顔をするキキョウを、シルバは指差した。

「キキョウに施した『力樽《ダイリキ》』は、キキョウの魔力で賄《まかな》わせてもらったんだよ。ヒイロも同じ」

「うぇっ⁉　ボク、祝福使えたの⁉」

驚くヒイロに、手を振るシルバ。

ちょっと違うのだ。

「祝福を使ったのはあくまで俺。ただ、魔力だけ施す対象のを使わせてもらったってことだよ。

……もうちょっとペース上げていいか、タイラン？」

「あ、はい。だ、大丈夫です」

タイランの了承を得て、シルバはわずかに走る速度を上げる。

『力樽《ダイリキ》』のおかげで、息もまったく乱れない。

そのペースで、年老いた行商人の馬車を追い抜いていく。

「お先に」

「そんなペースじゃ、遅かれ早かれバテちまうぞ」

「ほどほどのところで休みますよ」

老行商人に忠告され、シルバは苦笑いで返した。

「つまり、先輩はボクの中にある魔力を使って、えーと、大ラッキー？」

「『力樽《ダイリキ》』な。それを使ったんだ。まあ、相手に直接触れてないとできない術だよ。キキョウもヒイロもあまり、魔力は使わないだろ？」

微妙に間違っているヒイロを、シルバは訂正した。

「ボクの場合、あまりというかまるで使ったことないんだけど……」

基本、物理攻撃オンリーのヒイロである。

一方、キキョウも得心がいったようだ。

「なるほど。どうせ使わぬ魔力なら有効活用した方がよいということであるか」

シルバが使う魔力は自分の分だけなので、圧倒的にコストは安くつくのだ。

「そういうこと」

「他の聖職者も、この術は使えるのであるか？　今まで聞いたことがないのであるが」

「術というよりは、技だよな。もちろん誰でも使える……はずだぞ？　ちゃんと勉強と実地を踏めば」

「勉強と実地？」

「勉強は座学だよ。山羊《やぎ》みたいな爺さん先生の長い長い説法。実地はまあ、コツ掴むまでひたすら施療院で、患者さんに触れて『回復《ヒルタン》』。失敗したら魔力は自分持ち。俺の場合は戦地だったけど。大体、一ヶ月ぐらいでできるようになる」

「……シルバ殿。それは誰でもとは言わぬ」

「あとこの『力樽《ダイリキ》』は少しずつ魔力量を消耗していくタイプの祝福だから、多分最初にヤバくなるのはヒイロだと思う」

鬼族《オーガ》は戦闘能力に優れ、高い膂力を誇るが、その一方で魔力に乏しい。

シルバは司祭であり魔力は多く、キキョウもまた刃に風の術を乗せることがあるため、それなりの魔力を保有している。

故に、魔力切れが発生するとすれば、まずこの中ではヒイロなのだ。

「え、ボクどうなるの⁉　枯れるの⁉」

「枯れねえよ。魔力が減った時の反応ってのは人それぞれだからな。何となくヒイロも分かると思う。眠くなったり、ちょっと立ち眩《くら》みになったりだ」

もちろんそれを放置して、そのまま魔力を消費し続ければ、気絶してしまうことになる。

当然、シルバはそこまでヒイロを酷使するつもりはなかった。

「ううう……そうなる前に、休憩入れようね、先輩。……それにしても、本当に疲れないなあ」

「これならば、昼前には目的の森に到着しそうであるな」

「わ、私の方はもう少し、ペースをあげていただいても何とか……」

何度かの休憩を経て、パーティーで想定していたよりも遥かに早い時間に、シルバ達は山の中の森に入ることができたのだった。

隠れ里

THERE IS SOMETHING STRANGE ABOUT OUR MEMBERS.

「シルバ殿、ストップだ」

森の中の街道を中ほどまで進んで、不意にキキョウが足を止めた。

「近いのか？」

「分からぬが、匂いが強くなったのは確かなのである」

出発前、依頼者から、行方不明になったという行商人が取り扱っていたという香辛料の小袋を借りていた。

狐獣人であるキキョウはその匂いを憶え、森に入ってからその臭いを追っていたのだった。

「いなくなるとすれば、確かにこの辺だよな」

「ふぅむ……」

キキョウは道の真ん中で、グルグルと回り始めた。

さすがにこうしたいなくなった人間の追跡となると、シルバ達にはどうしようもない。

というかキキョウが追跡できないのであれば、そもそもこの依頼を受けなかったのだが。

「……キキョウ、日にちが結構経ってるけど、いけるか？」

「通常なら厳しいが、荷が香辛料ということであったからな。それにここ最近、雨も降っていなかった。そういうことならば、某《それがし》でも……」

鼻を鳴らしていたキキョウだったが、やがてピタリとその動きを止めた。

そして、左右に首を振った。

「……匂いが二つに分かれているのだ。強い方があっちで、弱い方がこっちとなる。如何《いかが》する、シルバ殿？」

行商人は馬車を使っていたという。

シルバは考えた。

匂いが二つに分かれているということは、片方はおそらく馬車だろう。

普通に考えれば、匂いの強い方が荷物の香辛料だろう。

なら弱い方は……その匂いのついた、行商人ではないだろうか。

「まずは弱い方」

「だよねぇ」

「ですよね」

「うむ」

荷物と行商人が分かれているということは、つまり何かがあった、ということだ。

シルバ達は、弱い匂いを追うことにした。

シルバは預かっていた皆の武器を、それぞれに返した。

街道から外れてしばらく歩くと、山の斜面に穴があった。

「洞窟か」

少し手前に大きな岩があり、斜面の角度もあって微妙に分かりづらい位置にあった。

洞窟の大きさは、タイランでも楽に通れそうなぐらい広そうだ。

水場が近いのか、洞窟はあちこちが濡れ、湿り気を帯びていた。

「モンスターの気配は少なくとも、ここからは感じられぬな。匂いはこの奥に続いているぞ」

「じゃあ、警戒しながら進もう。タイラン、先頭を頼む」

「は、はい」

動く鎧《リビングメイル》であるタイランには、暗闇も関係ない。

タイランが先行し、その後ろをシルバ達はついていく。

シルバは足下の石ころを拾い、聖句を唱えた。

『発光《ライタン》』」

祝福を施された石ころが淡い光を放ち、洞窟を明るく照らしていく。

シルバはそれを一つずつ、キキョウ達に手渡していく。

「ほい、全員一つずつ。大した魔力は使わないし、戦闘になったら捨てていいから」

「ほえ～、ピカピカ」

ヒイロは嬉しそうに、光る石ころを頭上にかざした。

「あんまり見てると、目を悪くするぞ」

「うひゃっ⁉」

悲鳴と共に、ヒイロが濡れた石で足を滑らせた。

「ついでに足下も疎《おろそ》かになる」

「うう～、あと少しだけ早く言って欲しかったよ、先輩」

転倒こそしなかったものの、ヒイロはバツが悪そうにした。

「シルバさん、モンスターの気配、今のところありません。ただ、迷路みたいになっているみたいですけど……」

なるほど、タイランの指差した先は、二叉《ふたまた》になっていた。

「じゃあ、目印を付けながら進もうか」

「はい」

シルバは道具袋から白墨《チョーク》を取り出し、岩壁に印を付けた。

一方、キキョウは二つの通路を何度か見やり、やがて左の通路を指差した。

「……シルバ殿。空気の流れなら某、分かる故、ある程度なら出口の目星は付きそうだぞ」

「じゃあタイラン、キキョウの案内で進んでくれ。キキョウは前へ出てくれ」

「は、はい……分かりました」

「心得た」

何度かの分岐を経て、シルバ達は岩の壁に行き着いた。

「むぅ……?」

「行き止まり、みたいですね……」

どう見ても、ここから先には進めそうにない。

「それは、どうだろうな」

あくまで、見た目は、だ。

シルバは岩壁に近付いた。

「シルバさん？」

「キキョウは空気の流れを読んで、ここまで来たんだろう？　ってことは……」

するとシルバは岩壁に手を伸ばした。

すると、手は岩壁に吸い込まれるように、腕の中程まで埋まってしまった。

「わ、手がすり抜けた!?」

感触はなく、中は空洞のようだ。

手を引き戻すが、何ともない。

「うむ、これはまやかしの類であるな。風が通っているのだ。この先に、出口がある。ゆくぞ、タイラン」

「は、はい」

まずはキキョウが慎重に岩壁を潜《くぐ》り、問題がないことを確かめて、その後、タイラン、シルバ、ヒイロと続いた。

そこから先は一直線だった。

なだらかな上り坂を進むと、やがて外に繋がると思《おぼ》しき出口が見えた。

「おお～……」

ヒイロが歓声を上げる。

気がつかないうちに、山の中腹辺りまで上っていたらしい。

どうやら山の裏側、盆地になっている場所に出たらしい。

眼下には木々に囲まれた村と畑があった。

「あれは……隠れ里って奴か？　多分、地図には載ってないよな」

シルバはそう呟くが、アーミゼストはまだまだ未踏破区域が多く、こうした地図上にない集落も珍しくはないのだ。

隣に立ったキキョウが、村を指差した。

「シルバ殿。匂いはあの村に続いているようだぞ」

「……となると、一応訪ねる必要はあるな。とにかく慎重に行こう。……うん、キキョウナイスキャッチ」

村に駆け出そうと斜面を飛び降りようとしたヒイロの首根っこを、キキョウが掴んだ。

「えー、目の前に村があるんだから、走って行くべきじゃない？」

ヒイロは不満そうだ。

むぅ、とキキョウは口元をへの字に曲げた。

「村の住人の気持ちになってみろ。外から武装した正体不明の団体が来るのだぞ？　警戒するに決まっているであろう」

「『おはろー』『やっふー』って手を叩いて挨拶とか、無理かなあ?」

不思議そうにするヒイロをキキョウが釣り上げ、さらにその後頭部をシルバが叩いた。

「……このメンバー同士ですらやったことないだろ、それ」

「じゃあ、これからこれが、ボク達の挨拶で」

「却下《きゃっか》」

シルバは一刀両断した。

「……ちょっと、恥ずかしいですね」

「タイラン、それは控えめに過ぎる。もっとハッキリ断るべきである」

「ええー、みんな冷たい」

そんな阿呆な話をしながら、一行は斜面を下り、村を目指した。

盆地の中にはモンスターもいないようで、特に何のトラブルもなく村にたどり着くことができた。

村には見張りもおらず、そのまま普通には入れたのだが……。

「こんにちは」

「……っ!?」

最初に声を掛けた青年は、挨拶するシルバに目を見開き、脱兎の如く逃げ出してしまった。

「逃げられちゃったね？」

それから、二、三人に挨拶してみたが、反応はやはり大差なかった。

「……そんなに俺の顔って、問題あったか？」

ちょっとへこむ、シルバであった。

「い、いえ、ごく普通の挨拶でしたし、顔の問題でもなかったと思うんですけど……」

「武器はちゃんと納めてたよ！」

タイランがフォローを入れてくれた。

またヒイロの言う通り、相手を警戒させてもいけないかと思って、全員の武器をまた一度、シルバは預かったのだ。

もっとも、シルバを除く三人は素手でも普通に強いのだが。

しかし、こんな風に逃げられると、まともに情報収集もできそうにない。

「やっぱりここはキキョウに任せるべきだったか」

「某？」

突然話を振られ、キキョウは戸惑った様子を見せた。

「いや、大体の人はキキョウが微笑んで近付いたら、見惚れて棒立ちになるから」

「初耳であるぞ!?」

驚愕するキキョウだったが、その後ろでヒイロとタイランも納得していた。

「……うん、分かる」

「……分かります」

「お主達まで⁉」

「いやいや、冗談じゃないぞ。何なら次に出会った人で試してみようじゃないか」

「そ、それほど言うのなら、やってみるのである。しかし、某の顔にそのような効果はおそらくないぞ」

キキョウは頑なに主張した。

しかし……。


五分後。

頬を赤く染めた数人の村娘の案内で、シルバ達は村にあるという小さな施療院に案内されることとなった。

怪我を負った行商人が、そこにいるのだという。

「上手《うま》くいったな」

「やったね♪」

「さすがです。キキョウさん」

「……何だか、釈然としないのである」

作戦は成功したが、納得がいかないという表情のキキョウであった。

行商人と村長と

THERE IS SOMETHING STRANGE ABOUT OUR MEMBERS.

村娘に案内され、シルバ達は施療院に入った。

ベッドには、半袖の寝間着を着、右足に大きな包帯を巻いた男が横たわっていた。

ふくよかな体つきだが、年齢は三十前後といったところか。

シルバ達が探していた行商人だ。

先行した村娘から話は通っていたのだろう、シルバ達の自己紹介もスムーズに済んだ。

「どうもお騒がせしました……山賊に襲われ、何とか逃げ出したところを、この村の人達に保護してもらえまして……ウルトと申します」

これまで確定ではなかったが、やはりこの付近に山賊が住み着いていたらしい。

それにしても……と、シルバは思う。

「一番大きな怪我は右足のようですが、打撲も酷いですね」

行商人、ウルトの顔は軽く腫《は》れ、腕にも痣《あざ》があった。

相当に痛いはずだ。

拷問でも受けたのだろうか。

「ああ、いえ、山賊には襲撃に遭ってすぐ逃げたので、この怪我とは関係ないのです」

「……じゃあ、どうして、そんな怪我を？」

「お恥ずかしいお話になりますが……荷物もそのまま、とにかく懸命に逃げた先に洞窟があったのです。そこに隠れて……でもやっぱりそこまで追いかけてこられたらと思い、さらに奥へと逃げたんです」

「なるほど」

「……地面が湿っていまして、濡れた石と思しきモノに足を滑らせ、この様《ざま》です。走っていたので、それはもう」

「あー……」

シルバは、ヒイロを見た。

キキョウとタイランも見、視線を一身に浴びたヒイロは、照れ笑いを浮かべていた。

「確かに、あの石が多く転がっている場所で転ぶと、大変だったでしょうね」

「ええ、足も捻挫《ねんざ》してしまい……それでも逃げ続け、気がついたら村の見える山の中腹に、たどり着いていたのです」

そんなシルバ達の後ろ。

ヒイロが小声でキキョウに話しかけていた。

「……キキョウさん、あの人、あの行き止まりっぽく見えた幻術、どうやって突破したのかな？」

「某《それがし》達は灯りを持っていたが、彼は持っていなかったのだろう」

「そっか、見えてなければ確かに幻術も意味がないんだ」

シルバにもその会話は聞こえていたが、ウルトから話を聞くのが先決なので、放っておくことにした。

「それにしても、運が良かったですね。こんなところに村があるなんて」

「そうですね。私も驚きました。無我夢中で逃げ回り、洞窟に逃げ込んだ先が、このような場所に通じているとは思いもしませんでしたよ」


後ろでの会話は続いている。

「……ただ、あそこについては少し、気になる部分もあるんですよね」

キキョウとヒイロの会話に、タイランも参加していた。

「え、なになに?」

「あれは明らかに幻術の類でしたし、ここって隠れ里ですよね。……じゃあ、何を隠しているのでしょうか?」

「あー」

「……タイラン、そのことは後でシルバ殿も交えて話すとしよう。某達の本来の目的は、半分達せられた」


確かにタイランの指摘している点は、シルバも気になっていた。

ただ、隠れ里には例えば逃亡した罪人達がひっそりと作った、という場合もある。

気にはなるが、できれば触れない方がいいかもな、と思うシルバだった。

シルバ達の依頼は、行商人の行方を捜すことなのだ。

あとは、この人を無事、アーミゼストまで連れ戻せればいい。

「手当の方は問題ないようですね。治癒の祝福を掛けますから、すぐに傷も塞がると思います」

「それは、ありがとうございます」

シルバは『再生《リライフ》』を唱えた。

「念のため、しばらくはこのまま安静にしていてください。帰るのは……明日になりそうですね」

今から村を出ても、日をまたぐことになる。

それなら明日の朝に、出発した方がいいだろう。

ただ……出発するとしても、別の問題を解決しておく必要があった。

「山賊について聞きたいのですが、よろしいですか？　人数や装備など」

シルバの問いに、ウルトは目を向いた。

「退治する気ですか⁉」

「向こうの戦力にもよります。あまりに大きな山賊団なら、急いでアーミゼストに戻り、討伐隊を組んでもらった方がいいでしょう」

さすがにシルバも、たった四人で規模の大きい山賊団を相手にするつもりはない。

「そ、それは確かに……。でも私が遭遇したのは、えーと、ざっと五人ってところでしたね。武器は鉈や手斧……あと長剣の奴も一人いましたかな。とっさに荷物を放り投げて逃げたので、何とか助かりましたけど、取り戻していただけるなら、それなりの謝礼をお支払いします」

「五人……キキョウ、どう思う？」

少し考え、シルバは後ろに控えていたキキョウに声を掛けた。

それぐらいならシルバ達でも相手になるが、それが山賊全員だったかとなると、ウルトの話だけでは判断がつかない。

そこはキキョウも心得ているようだった。

「ふむ、偵察ということも考えられるのだ。もうちょっと詳しく調べた方がよいであろうな」

「頼めるか」

「任せるのである」

キキョウは一人、施療院を出て行った。

「身体の方は、明日には問題なく動けるようになると思います。もう少しだけ歩くのは我慢してください」

「ありがとうございます。神にも感謝を」


シルバ達は施療院を出た後、この村に宿があるか確かめるため、村を歩くことにした。

まず最初に向かったのはこの村の村長宅だ。

他と比べるとやや大きいが、それでも都市にある貴族の別宅と比較すれば、ささやかと言っていい建物だった。

「ようこそ、スミス村へ。村長のネリー・ハイランドです」

握手する村長は、予想外にも若い青年だった。

銀髪に、黒眼鏡が印象的だ。

シルバの視線に気がついたのか、ハイランドは苦笑いしながら肩を竦めた。

「失礼。明るい光が少々苦手でして。それと、村の青年が失礼をしたようですね。何分、外の人間が来ることは稀《まれ》なので、怯えてしまいまして」

「いえ、気にしていません」

笑顔で答えるシルバに、『透心《シンツ》』を通してヒイロが声を掛けてきた。

『結構、気にしてたよね、先輩』

『そこ、静かにしとくように』

笑顔を崩さないまま、シルバはハイランド村長との会話を続ける。

「この村で保護した、ウルトという行商人のことですね」

「はい。一応、明日には彼を連れて発《た》つ予定です」

シルバの答えに、ハイランドは心配そうな顔をした。

「そうですか……しかし、足の怪我は大丈夫ですか？」

「ゴドー聖教で司祭をしています。治癒の心得はそれなりにあります」

なるほど、とハイランドは頷いた。

「では、残る問題は山賊ですね。……とはいっても、もう都市の方には足の速い者を走らせているのですが」

「そうなんですか？」

「おそらく皆さんとは、入れ違いになったのでしょうね。冒険者ギルドに調査の依頼に行ってもらいました」

「……でも、いいんですか？　その、この村は、あまり人には立ち入って欲しくないのでは……？」

隠れ里の人間が冒険者ギルドに依頼をする……というのも、何だか不自然な気がした。

「その辺は、こちらも考えています」

にこやかに、ハイランドが答えた。

まあ、村長がそういうのなら、詮索してもしょうがないかと、シルバは思った。

重要なのは、山賊という脅威の排除なのだ。

「分かりました。ああ、でもそうなるとちょっと……その、入れ違いって意味ではこっちもあってですね。こちらの仲間の一人がもう、偵察に出ているんです」

「何と」

ハイランドは冒険者ギルドに山賊の調査を依頼し、シルバはキキョウに同じことを頼んだ。

そして手続きや移動時間を考えれば、キキョウの方が仕事を終わらせるのは早いだろう。

「だから、そちらの依頼が無駄に終わってしまうかもしれません」

「……いや、それは全然構いませんよ。お互い、最善を考えての行動でしょう。そちらの仲間が早く戻ってきてくれると、いいですね」

「ええ。それで、とにかく、この村で一日は過ごさせてもらうことになりそうなんです。その許可と、泊まれる宿はないでしょうか」

ふむ、とハイランドは考えた。

「泊まること自体は別に構わないのですが、宿がないですね。何しろ、訪れる者がほとんどおりませんから」

それは困るな、とシルバは思った。

しかしハイランドの台詞《せりふ》には、続きがあった。

「でも、空き家がありますから、そちらでよければお使いください」

「ありがとうございます。神のご加護を」

「どういたしまして」

シルバが祈りを捧げ、ハイランドは微笑んだ。

村の正体

THERE IS SOMETHING STRANGE ABOUT OUR MEMBERS.

村長宅を出たシルバ達は、村の雑貨屋に寄ってみた。

小さな村の雑貨屋にしては、品揃えが充実しているようだ。

食器や日用品、楽器、鉢植え、瓶、衣類、靴、蹄鉄《ていてつ》、肥料、薬品と様々だ。

「何だか、みんなよそよそしいよねー」

店内を見渡しながらヒイロが言う。

最初の時のように、いきなり逃げられるようなことはなかったが、さすがに余所者《よそもの》に積極的に話しかけようという者はいないようだ。

「閉鎖的な村なら、よくあることだろ」

それに、とシルバは付け加えた。

「ちゃんと物を売ってくれるだけ、感謝しよう」

お陰で、消耗品の類は調達できそうだ。

「それにしても……」

不意に、タイランが小さな呟きを漏らした。

「どうした、タイラン」

「……いえ、その、妙に薬品関係が充実しているというか……この回復薬《ポーション》とか、かなり質がいいですよ?」

タイランは回復薬の瓶を取り出し、かざしてみせた。

「え、タイラン、そういうの分かんの?」

ヒイロの問いに、タイランが頷く。

「ええ、まあ色合いで。この濃さだと、通常の二割増しぐらいの効果はあるんじゃないでしょうか」

「……」

シルバはタイランから回復薬を受け取り、店内の灯りにかざしてみた。

なるほど、確かに通常のモノより色が濃い。

経営しているのは……カウンターにいるのは店番だろうか、愛想のよさそうな十七、八歳の少女だ。

この回復薬は、どこで作られたのだろう。

村に薬師がいるのだろうか。

雑貨屋を出て、シルバ達は村を歩いて回る。

村の、建物のほとんどは石造りの民家で、道幅は広い。

建物や樹木の配置が、隠れ里というイメージにはちょっとそぐわない、洗練された雰囲気が感じられる。

雑貨屋の他に、ウルトのいる施療院、食料品店、鍛冶屋、酒場があった。

村の外の方には牧場や畑が見えたが、そちらにはシルバ達は特に用がない。

シルバが驚いたのは、学校らしき建物があることと、公衆浴場の存在だ。

普通の村では、まず見られない施設で、特に教育関連となると……はて、とシルバは違和感を憶えた。

いや、小さな違和感はいくつかあったのだ。

村長や雑貨屋の店番、この村の雰囲気や施設……。

「あ、あの……シルバさん、どうかしましたか？」

考え込むシルバに、タイランが声を掛けてきた。

「いや、ちょっと気になることがあってな。ただ、ここは村だし、住んでいる人の数を考えたら、たまたま見かけなくても、特に不思議はないと思ったんだが……」

「先輩、何の話？」

「もう少し村の周りもちょっと歩こうか。あ、買い物済ませてから」

「あ、は、はい」

食料品店で肉や野菜を買い込んでから、シルバ達は村の外周を歩くことにした。

村の外に向かいながら、シルバは二人に話しかけた。

「ヒイロ、タイラン、よく注意してすれ違う村人達を見ていてくれ。……いや、向こうが何かするってことはないんだ。ただ、不自然な点はないかっていう、そういう意味でさ」

「あ、うん」

「は、はい……」

村の人を見かけたら、シルバは小さく会釈をした。

相手の方は、大体がこちらの反応に慌てて会釈を返してきていた。

二十歳ぐらいの農夫らしき青年、十代半ばぐらいの女の子、鍛冶屋で働いているのは大柄な青年でこれも二十歳になるかどうかぐらいだ。

「……やっぱり」

「変、ですよね……シルバさん、これって……」

タイランも気付いたようだ。

ただ、ヒイロは難しい顔で悩んでいた。

「え、何？　どういうこと⁉　二人だけ分かるとか、何かズルくない⁉」

「ああ、別に意地悪をしたつもりはなかったんだけどな。……ヒイロ、今、見えている村人達をどう思う？」

「ん……っと、何かこっちを警戒してる感じ？　でもそりゃ余所者だし、ボクら鬼族《オーガ》と大きな甲冑だし……？」

「向こうの態度の方が気になるか。そうじゃなくてだな、若い奴しかいないだろう？」

「そうだね」

「というか、年頃の若い男女しかいないんだよ」

「あ」

老人子どもがいない。

加えて、中年壮年の男女もいないのだ。

村の長《おさ》たるネリー・ハイランドからして、若い青年だった。

「私も気付いてからずっと意識して見てたんですけど、一人もいなかったんです。すれ違う人も、家から出る人も、農作業をしている人も、全部、十代から二十代の若者なんです」

「えぇー……!?」

ヒイロは周囲を見渡した。

とはいっても、村なのでチラホラとしか人の姿は見えないが。

「ヒイロ、あまりキョロキョロしない。……もうちょっと歩こう。歩けば歩くほど、こう、確信が深まってくるんだけど」

「確信って何さ、先輩ー」

「推測で語るにはまだちょっと早いから、もう少しだけ我慢してくれ」

村は石の塀で覆われている。

とはいっても、その高さはせいぜい二メルト程度で、その気になればよじ登って越えることもできるだろう。

村の外には畑が広がっていた。

トマト畑だ。

「遠目からでも見事でしたけど、素晴らしいトマト畑ですね」

「そういえば酒場で注文したのも、トマトソースのパスタだっけ」

オススメを聞いたら、それだったのだ。

もちろん、酒場の店主も気のいい若い男だった。

村の外ということで、念のためシルバは二人に武器を渡しておいた。

「先輩、あっちに見える大きな建物、何かな？」

ヒイロが、平たい大きな建物を指差した。

脇にはいくつも樽が横たわっている。

「大きい樽がいくつもあるし、多分ワインの醸造所じゃないかな。……本当にデカいな」

「立派な建物です」

シルバは村の中に視線をやった。

一際《ひときわ》大きな煙突から、煙が立ち上っているのが見えた。

「仕事が終われば、公衆浴場でひとっ風呂か。さぞかし気持ちいいだろうな」

「すごいよねー。ボクらも、使わせてもらえるのかな？」

「村長に聞いておけばよかったな」

そんなことを話しながら、村の周囲を歩いていく。

空は橙色が強くなってきていた。

おずおずと、タイランが切り出してきた。

「あ、あの……シルバさん、この先はもう村の入り口しかありませんよ？」

「まさにそこに用があるんだよ。ところでタイラン。この村って、そこそこ充実してるよな」

「は、はい……生活するには、まったく不便しないんじゃないでしょうか」

「でもな、それなのに、この村にはないんだよ」

「……何がですか？」

シルバは肩を竦めた。

「教会」

「……‼」

タイランの動きが強ばる。

村の入り口につくと、シルバは石の塀を調べてみた。

「……あった」

その手が、引っかかりを覚えた。

シルバは印を切る。

「――『解呪《デカース》』」

呟くと、岩の塀に紋章が出現した。

見えなくなっていたのは、洞窟の行き止まりと同じ、幻術だったのだろう。

「えーと、これって貴族の紋章？」

ヒイロが、羽を広げた蝙蝠《こうもり》のような紋章を指差した。

「ああ。それも、吸血鬼の貴族の紋章だ」

「吸血鬼……？」

「パル帝国のホルスティン家。外交官として優秀で、各国に別邸を構えているんだ。一説には古代の遺失物とされる転移門を所有してるとか、色々言われているな」

そして、その別邸は辺境都市アーミゼストにも存在する。

司祭であるシルバは、それを憶えていたのだ。

まあ、これはシルバに限らず、アーミゼストの聖職者ならば、みんな教えられるのだが。

「へえ、さすが聖職者だね、先輩。えっと、それがこの村と、どういう関係があるの？」

ヒイロが質問し、その隣でハッとタイランが顔を上げた。

「……！　健康的な食事に清潔な環境……そして、若い人達しかいない村。シルバさん、この村ってまさか……」

シルバは頷いた。

「吸血鬼の『牧場』だ」

そのシルバの顔のすぐ横を、スッと刃が滑り抜ける。

どうやら、サーベルのようだ。

「ずいぶんと察しがいいようだね、司祭《プリースト》。……君、ウチの村を探ってどうする気かな？」

後ろから若い声がし、シルバは両手を挙げた。

「あー……完全に誤解だから、まずは話し合いを提案したい。俺はシルバ・ロックール。冒険者をやっている。そっちの二人はヒイロとタイランだ。二人も武器を納めてくれ。特にヒイロ」

骨剣を構えて警戒心を露わにするヒイロと、どこか戸惑いがちなタイランに手を振り、シルバは背後の相手の言葉を待った。

静かに、サーベルの刃が引かれていく。

「いいよ、振り返っても」

言葉に従って振り返ると、そこには細身の身体に純白の礼服をまとった中性的な美青年が立っていた。

金髪に紅瞳、その凜々しい顔は女性なら十人中十人が振り返るだろう。

彼は不敵な笑みを浮かべながら、シルバを見据えた。

「そろそろこんばんは、かな。僕はカナリー・ホルスティン。この村の監督をしている」

日は傾き、橙色の空は青暗くなりつつあった。

「……監督？　村長とは違うの？」

一瞬カナリーはヒイロを見たが、すぐにシルバに視線を戻した。

シルバもヒイロを見、カナリーに向き直る。

「立ち話もなんだし、どこか落ち着ける場所はないか？　こっちに敵対の意思はないのは、さっきも言った通りだ。あとヒイロの質問も、そっちで答えてもらえると助かる」

「いいだろう。じゃあ、村長宅にしようか」

カナリーに、三人ほどの若者が付き従う。

おそらく彼の部下なのだろう。

シルバはカナリー達についていくことにした。


「お帰りなさいませ」

村長のネリー・ハイランドが屋敷の前で待ち、カナリーに頭を下げて扉を開いた。

なるほど、上下関係はハッキリしているようだ。

「さ、入ってくれたまえ」

カナリーが最初に入り、付き従っていた部下達が扉の左右に立った。

見るとその瞳は紅《あか》い。

やはり彼らも吸血鬼のようだ。

シルバは入り口で足を止め、ヒイロ達に振り返った。

「ヒイロ、タイラン、武器は預けて」

「えぇー」

ヒイロが嫌そうな声を上げた。

ネリー・ハイランドと話した時は、武器は道具袋に入れていたが、今回は二人とも所持している。

「渋い顔しない。礼儀ってもんだ」

「へえ、聖職者のくせに、ずいぶんとこっちを敬《うやま》うじゃないか」

「……今までどんな人達を相手にしてきたのか知らないけど、人様《ひとさま》の家に武器持ったまま入るとかないだろ」

「そうかい」

余裕がある風を装っているが、やっぱり警戒しているなあとシルバは思った。

ヒイロは渋々、タイランは特に抵抗なく、武器をカナリーの部下達に預けた。

「カナリー様、準備が整いました」

いつの間に移動していたのか、ネリー・ハイランドが応接室の扉を開けて、カナリーに声を掛けた。

「うん、ご苦労様」

応接室に、シルバ達も入る。

カナリーのソファの後ろにネリーが立ち、扉の左右にやはり部下達が立った。

ネリーもサングラスを取っていて、その瞳はやはり紅かった。

残るもう一人が、香茶と茶菓子のクッキーを持ってきて、テーブルに置いていく。

「君の考えていた通り、ここは僕達ホルスティン家が所有する『牧場』さ。基本的に管理は部下に任せているが、最高責任者は僕、カナリー・ホルスティンが務めている。ヒイロと言ったか、鬼君《オーガ》、監督とはそういう意味さ」

「そこの村長さんがここの管理人か」

シルバが、カナリーの後ろに立つネリーを見た。

「そういうことだね。ところでそこの二人は、『牧場』について知識がないようだが。……まあ、僕達吸血鬼や、君達聖職者でもなければ、それほど知られていないだろうからね」

タイランは、動かないと本当に置物状態で、何を考えているのか分からない。

ただ、ヒイロは「結局何なの？」と表情が訴えているので分かりやすかった。

「吸血鬼の主食は人間の血液だ。この村は、新鮮な血液を吸い上げるための施設なんだよ。若い男女、おそらく全員が童貞か処女だ。公衆浴場は清潔さを保つため。血の味をよくするための一環だろうな」

シルバの説明に、タイランが頷いた。

「ああ、それで『牧場』なんですね……人間を飼育する」

カナリーが苦笑いを浮かべた。

「そう言うと、人聞きが悪いね」

「……ここの人達は、どうやって連れてこられたんだ？」

「それを、君に話す義理があるのかな？」

シルバの問いに対して、カナリーは小馬鹿にしたような笑みで返した。

なるほど、とシルバは納得した。

「言われてみればないな」

「ちょ、先輩！」

ヒイロは慌てるが、確かにカナリーがここのことを無理に話す義理も義務もないのだ。

教会の権威を使って話してもらうというのは、シルバの性《しょう》にはあわない。

ここの村人達が常に何かに怯えている風だったとかなら、話は変わってくるが、そんな雰囲気はなかったし。

などとシルバが考えていると、カナリーが何やら書類を差し出してきた。

「こちらとしても、無駄に争いたくはない。この誓約書にサインをしてもらえれば、説明をしようじゃないか」

「誓約書？」

「ここのことを余所に公言したりしない、という誓約書さ。ちなみに誓約を破ろうとした場合、強制力《ギアス》が掛かって、喋れなくなったり文字が書けなくなったりする。また、誓約を破ろうとしたことは即座に、ホルスティン家に伝わる仕組みになっているから、生命に関わることになるね」

さあ、どうする？

挑発的な口調で言い、書類の横にカナリーはペンを置いた。

「分かった。サインしよう」

「決断、早いな⁉」

サラサラとサインを走らせるシルバに、言った側であるカナリーがソファから滑り落ちそうになっていた。

「実際、公言するつもりはないからな。ああでも、俺の上司には伝えることになるかもしれないから、その時は同席してくれ」

「言ってることが矛盾していないかい？　君、公言しないと言いながら、同時に上司に伝えるって言っているんだぞ？」

カナリーは奇特な人間を見るような目をした。

しかし、シルバとしてもこれは必要な措置なのだ。

一応、上司の人格を信頼しているというのもある。

「大っぴらにはしないっていうのと、上司に伝えるっていうのは相反しないだろう？　それに、ウチの上司は人に迷惑が掛からないなら、それほど堅いことを言う性格じゃないから、大丈夫だと思う」

「……教会関係者の言葉を信用しろと？」

「お互いのこともよく知らないのに、まさかだろ。だからその時は同席してくれって言ってるんだよ」

シルバの要求に、カナリーは小さく鼻を鳴らした。

「ふん……まあ、いい。そっちの二人にも書いてもらうよ」

「あ、クッキーもうちょっといい？」

「緊張感ないな、君は⁉」

頬をリスのように膨らませたヒイロに、カナリーは突っ込んだ。

「名前が書けない場合は、どうするの？」

「……血判でも構わないよ。そっちの鎧の君は大丈夫そうだが……今更《いまさら》だが、何故、鎧」

「動く鎧《リビングメイル》だからだよ」

「なかなか個性的なメンバーだね」

シルバの答えに、少し疲れたようにため息をついているカナリーだった。

「もう一人仲間がいて、今、別行動を取ってるんだが」

「僕が一緒なら、この村のことは話しても構わない。そういう意味ではさっきの君の『同席』というのは、正しい要求だったね」

「手間が省けて何よりだ。ああ、ちなみに別行動を取ってる仲間のことだが、近くに山賊がいるらしく、その偵察に向かっている」

シルバが言うと、カナリーは頷いた。

「もちろん、そのことは村長から聞いている。そもそも僕がこの村を訪れたのは、それが理由だ。部外者が入り込んできた場合には、報《しら》せがくることになっていてね。保護した行商人のこととかも全部、承知済みだ」

「話が早くて助かる。……そういえば村長が冒険者を雇いに、使いを出させたって言ってたけど」

「悪いが、それは嘘だ。冒険者ではなく、ホルスティン家への使いだよ」

「そうか。いや、隠れ里なのに山賊退治に冒険者を雇うとか、依頼を申請する時、どう辻褄《つじつま》を合わせるのかってちょっと気になってな」

「だってさ、ネリー」

「申し訳ございません」

それほど申し訳なく思っていない微笑みと共に、ネリーは頭を下げた。

さて、とシルバは本題に戻ることにした。

「とりあえず山賊は排除しておきたい。こっちは今、施療院にいるウルトという行商人の捜索が依頼でね。言葉通りに見つけましたから、後の引き取りはここまでよろしくって訳にもいかないんだ」

「いいだろう。こっちとしても、このまま居座られては困る。彼は君のように勘がいい訳じゃないが、いつ『牧場』であることに気付かれるか分かったモノじゃないからね。協力しよう」

「この村には、若い男女しかいないから、それほど勘が鋭くなくても、外を出歩いたら一日ももたないと思うぞ？　気付かれなかったのは多分、ずっと施療院にいるからだ」

「……言い訳すると、そもそも人が入って来られないようにしているから、村の中での小細工には拘《こだわ》ってないんだよ。部外者が来たら村長に即連絡。可能な限り逃げろって住人には指示してある。下手くそな演技でボロが出るより、よっぽどいいからね」

なるほど、そこはちゃんと考えていたのか。

余所者が来たから逃げるというのは来訪者からは失礼には思われるだろうが、それでもこの村の正体がバレるよりは遥かにマシだろう。

「……今、別行動を取ってくれている、ウチの男前《イケメン》が声を掛けたら、あっさり村の娘さん達、施療院に案内してくれたんだが」

「ネリー。その子達、あとでお説教」

「かしこまりました」

「あともう一つ。偽物《にせもの》でもいいから教会は建てといた方がいいかな。俺的にはあれが一番、この村で不自然だった」

シルバの忠告に、カナリーは頬をひくつかせた。

「……なあ、君、本当に聖職者なんだよな？　偽物でもいいとか、普通言わないぞ？」

失礼な、とシルバは思った。

れっきとした司祭である。

0 『牧場』について

THERE IS SOMETHING STRANGE ABOUT OUR MEMBERS.

「それじゃまあ、誓約書も書いたし、利害も一致したところで、ここのことをもうちょっと詳しく教えてもらおうか。道を外れている場合は、正す必要がある」

シルバの言葉に、周囲の吸血鬼達の気配がピンと張り詰める。

ただ、カナリーはまったく動じないし、後ろに立つネリーも笑みを崩していない。

シルバは小さく息を吐いた。

「ただ、正す必要がない場合はどうもしない。少なくともこのスミス村の住人が、強制されてここで飼われているんじゃないってことぐらい、俺にだって分かるよ」

触れ合った村人の数は知れている。

施療院に案内してくれた村娘達、酒場の店主、雑貨屋の店員。

彼らの表情は、無理矢理ここで血液を搾取されているとはとても思えなかった。

「吸血鬼には『魅了』という力があることは、知っているんじゃないかい？」

カナリーは挑発的に問うが、シルバは首を振った。

「操られているかそうでないかなんて、目や足取りで分かる。一人二人ならごまかせるかもしれないが、この村の人間全員にそんな凝った真似はまず不可能だ。そもそも隠れ里にしている以上、本来は必要ない小細工だろう？　逃げ出す心配があるなら、『魅了』を使うより外に出さないように物理的な罠を用意した方が楽だし」


一方、ヒイロは二人の会話から完全に置き去りになっていた。

「……何か、難しい話してるなぁ」

「別に難しくはないんですよ……ただ、互いの手の内を伏せたまま、話してるだけで……あの、寝ないでくださいね？」

タイランが、瞼を落とし始めたヒイロを揺する。

ちなみにタイランはちゃんと話についていけてはいるのだが、性格的に口を挟めないだけであった。


ふぅ……とカナリーは吐息を漏らし、ソファにもたれかかった。

「まあ、いいだろう。話すよ。この『牧場』の住人は、多くはアーミゼストのスラムからのスカウトさ。後は違法売買している奴隷商を叩き潰して回収したり、寒村の口減らしで売られようとしている子を買い取ったりだね。そして、ホルスティン家が運営している孤児院に入ってもらう」

なるほど、とシルバは頷く。

スラムの子どもは大抵が、放っておけば野垂れ死ぬか、犯罪者として投獄される、運が良ければのし上がれるが、それでも法的には追われる立場となることが多い。

表の世界で真っ当に生きるのは、相当に難しいだろう。

奴隷や口減らしで売られた子はもっと酷い。

そもそも最初から人権が存在しない扱いを受けることが、ほとんどだ。

そういう子達を引き取って今の環境に置くというのなら、これはもう保護と呼んでもいいだろう。

「この時点で、裕福な家に引き取られる場合もある。けど、そのケースは稀《まれ》だね。大体は、年頃になるとこの村で定期的に血液を供給してもらう対価として豊かな生活を送るか、孤児院に残るか選んでもらう。大抵、こちらを選ぶよ。もちろん孤児院でも食うには困らないようにはしている。だが、食生活や衛生環境、学問や礼儀作法の修得機会などは、『牧場』の方が圧倒的に有利だ」

しかも、引き取られた後に選択肢まで用意しているときている。

己の『血液』を売るのだ。

孤児院よりも『牧場』が優遇されるのは、当然だろう。

「この村のルールは、人間社会と変わらない。人に迷惑を掛ける行動を起こしてはならない。特に殺人と性暴行は問答無用で死罪。厳しいと思うかい？」

「多少は、と言いたいところだが個人的にはまったく思わないな。ここでは人間自体が財産みたいなモノなんだろう？」

「そういうこと。人が一人死ねばその分だけ我が血族に供給される血液が減る。性暴行の方がひどいね。一気に二人分減るんだから。しかも金と違って取り返しがつかない」

性暴行は、童貞と処女、二人分が失われてしまう。

『牧場』という環境を整えてまで、質のいい血液を求める吸血鬼達だ。

それは大きな痛手だろうし、育てた人間《けつえき》を台無しにした加害者は、確かにここでは極刑を免れないだろう。

「……殺人の場合も、二人減るんじゃないか？」

「そうだけど、この場合の死罪は最後に『搾り取る』ことにしている。幸いなことに、これまで事件が起こったことはないよ」

「そりゃ何よりだ」

ところで、とシルバは気になったことを尋ねてみた。

「成長した若者はどうなるんだ？　人間なんだから、いずれは老いるだろう？」

「一定年齢に達すると、ここから出ていってもらうことになる。その後も利用価値があるから、ここでは充分な教育を施している。読み書きや計算ができれば、商家で引き取ってもらえるし、礼儀作法を心得ているならばホルスティン家が管理するどこかに配置してもいい」

ここにいる間は、悪い言い方をすれば新鮮な『血液の袋』として役に立つ。

しかし、年老いたからといって破棄するのは勿体《もったい》ない。

その後は、ホルスティン家の忠実な僕《しもべ》として働いてもらう、ということか。

無駄がない。

「人間は家畜とは違う。特に恋愛感情ともなると、理性の箍《タガ》があっさり外れることもある。その場合はどうしているんだ？」

何しろ、ここにいるのは年頃の若者達だ。

いわゆる『過《あやま》ち』があることは、充分考えられる。

「ちゃんと事前に申請してくれるのなら、問題はない。ただし……その、何だ……そういうことをするのなら、当然この村から出て行ってもらうことになるね」

カナリーはわずかに頬を赤らめ、目を逸らせた。

「その後は？」

「事前の申請がなかった場合。教育が充分なら、軽い罰を与えた後、さっき言った通り、商家に推薦したり、ホルスティン家で召し上げる。そうでないなら、ウチが管理している『牧場』とは違う、いわゆる普通の農地で作業に従事してもらう、かな。あと性暴行の被害者側も、こちらに該当するね」

「……軽い罰？」

「できるだけ、この『牧場』の人間にはストレスは与えたくない。血の味に影響するからね。だから、例の殺人とか以外は、あまり重い罰にはできないんだ。ネリー」

「はい」

カナリーが呼ぶと、ネリーはまな板程度の大きさの板きれを取り出した。

そこには『私は　　　とふしだらな行為をし、スミス村から出て行くことになりました。』と記されていた。

「これを首から提《さ》げて、半日ほど通りに立ってもらう。空白部分には、えーと……そ、そういう、あ、あれだ。せ、性交渉した相手の名前だね。赤いインクで目立つように書くことにしているよ」

「うへぇ……」

これは、事前に申請した方が、よっぽどマシだろう。

完全なさらし者だ。

それにしても、何故カナリーは、性暴行という単語は普通に言えるのに、普通の性交に関わる単語は口ごもるのか、ちょっと不思議に思うシルバである。

「もちろん、この罰の後の処置は、村の住人には内緒だ。ここから出ても生活が保障されると知れば、規律が緩むからね。だから、性教育は特に重視している。つまり事前申請があった場合と、なかった場合の差は、この『罰』があるかないかの差、それと追放するという虚偽の処分かな。一応のところ、今は抑止力になってくれている」

そして村人達は、定期的な血液採取以外はのびのびとこの、スミス村で生活を送っている。

そうした人間から採《と》れる新鮮な血液は、苦みのない良質な食事として、ホルスティン家はもとより繋がりのある吸血鬼の血族にも、好評なのだ。

この村以外にも、各地に『牧場』はあるのだという。

ここは人間のみだが、地方によっては獣人専門の『牧場』や稀少な妖精種の『牧場』もあるという。

「……ねー」

眠たそうに手を挙げるヒイロを、カナリーは見た。

「何かな？　ヒイロとか言ったっけ？」

「言い方悪いけど、ここの村の人達ってここでの飼い殺しだよね？」

「本当に言い方悪いな！」

間違ってはいないが、何だか失礼ではあった。

ただ、続く質問の内容はよかった。

「なら、働く必要、ないんじゃない？」

そう、何のストレスもなく、穏やかに暮らすのなら、村人達が働く必要はない。

普通ならそうだろう……が。

「あー、それはなぁ」

シルバが答えようとしたが、それをカナリーが制した。

「まず、ただ何にもせずにダラダラしていると人間は腐る。精神がね。適度な労働は、人間には不可欠なんだよ。それに畑の管理や商店での仕事は、いつかここから出ていく時に、役に立つだろう？」

「あ、そっか。実地で学んでるんだ」

「そういうことだよ」

ヒイロは納得したようだ。

すると、その隣に座るタイランも、会話に参加してきた。

「特に雑貨屋さんで売られてた薬の出来は、とても良かったですけど、あれも……？」

タイランの疑問に、カナリーは嬉しそうに身を乗り出した。

「へえ、分かるのかい。あれは、この村の住人に、僕達が教え、研究させ、作っているモノだよ。

錬金の技術の高い者は、人間であろうとホルスティン家では高給で召し抱えることにしているんだ。それだけの価値があるのだからね」

錬金術には相当の自信があるのだろう、カナリーは誇らしげだ。

「となると、ますます山賊に知られるわけにはいかないよな。全部メチャクチャにされてしまう」

「ああ、絶対に見過ごすわけにはいかないね」

この村のことは分かった。

吸血貴族であるホルスティン家も、ここの村人達もいわばウィン・ウィンの関係にある。

ならば、シルバはとやかく口出しすることもない。

「でも、何にも後ろ暗くないなら、隠れ里である必要って、ないんじゃない？」

不思議そうに、ヒイロが首を傾げた。

その問いに、カナリーとシルバは同時にため息をついた。

「それはねえ……」

「教会の関係者の中には、ただ人間の血が吸血鬼に吸われてるってだけで、騒ぎ出す輩がいるんだよ。誰も損してないのにな？」

「人間を解放しなさいとか、搾取してはなりませんとか、ズレたことを言うんだよ」

「その前にスラムを何とかしろよ。まずは貧しきモノを救えよってな。救いを求めてる人なんていくらでもいるんだからさ」

タイランが、怖ず怖ずと手を挙げた。

「あ、あの……シルバさんと、ホルスティンさんって一応、対立している勢力ですよね？」

シルバとカナリーは顔を見合わせ、再びため息を漏らした。

「……そうなんだけどな」

「苦労しているという点においては、共通しているようなんだ」

キキョウの帰還

THERE IS SOMETHING STRANGE ABOUT OUR MEMBERS.

『シルバ殿、今どちらにおられる?』

シルバの意識に、『透心《シンツ》』を通してキキョウからメッセージが飛んできた。

「ん?　キキョウが戻ってきたみたいだな」

「みたいだねぇ」

「特に怪我とかは……ないようですね」

急な反応を示したシルバ達に、カナリーが不審そうな顔をした。

「みんな、どうして分かるんだい?」

「そういう祝福があるんだよ。契約している相手と距離が離れていても、連絡が取り合える」

ああ、とカナリーは納得した。

「『透心《シンツ》』か。……また、マイナーな術を使う」

「それを知ってるそっちも大概《たいがい》だろ」

「何しろ、吸血鬼だからね。教会の使う術は大体、押さえてあるんだ。なら、迎えを寄越そう」

しばらくして、応接室にキキョウが入ってきた。

シルバは簡単に、キキョウと分かれてからの経緯を説明しようとした。

「ネリー」

「はい」

カナリーが指を鳴らすと、部屋の隅にあった椅子が滑るように動き、シルバ達とカナリー達を挟むテーブルの横で停止した。

シルバは眉根を寄せた。

「……座標固定系の魔術？」

「考えても無駄だよ。今のはハイランド一族の種族特性だ。己の魂の一部を無機物に与え、使役している」

カナリーが笑い、背後のネリーも微笑みながら頷いた。

「それを俺に明かしていいのか？」

「山賊退治では連携するんだろう？　なら、こちらの戦力もそれなりに見せておく必要があるじゃないか」

「こっちは四人。そっちは……って、キキョウの話を聞いてからの方が良さそうだな」

「そりゃもっともだ。どうぞ、掛けてくれたまえ」

カナリーの勧めでキキョウが椅子に座り、シルバは今の状況を話した。

「なるほど。吸血鬼の村であるか」

「正確には、吸血鬼の食糧の村な」

シルバが訂正すると、カナリーは渋い顔をした。

「……そういう言い方をされると、ものすごくイメージが悪いな。しかも完全な事実なだけに、否定もできない。言っておくけど、直接血を吸ったりはしていないぞ。噛んだら僕らの眷属《けんぞく》になってしまう。そうしたら『人間の血液』ではなくなってしまう」

「じゃあ、どうやって村の人達の血を飲んでるの？」

ヒイロが質問すると、カナリーは透明で細長い瓶を取り出した。

「採血用の道具があるんだよ。それで、こうした瓶に血液を入れる。状態保存の生活魔術が掛かっているから、十日は保てる」

「……あの、この瓶って、作るの大変だったんじゃないですか？　相当高度な技術が必要なんじゃ……」

タイランが、瓶を覗き込んだ。

するとカナリーは嬉しそうに語り始めた。

「これも分かるのか。そうなんだよ。透明なまま、この薄さとそれなりの硬さ。そして魔術を付与しても耐えきれる容器ってのは、研究に相当時間を費やしてね。ただ、その苦労の分、ガラス細工やワイングラスへの応用で、しっかり元は取ろうとしているんだよ。シルバ・ロックール。君の仲間には、話の分かる奴がいるじゃないか」

「……ウチのタイランと、仲良くなれて何よりだよ。害はないし、村の人間もみんな同意の上で暮らしているみたいなんだ。だからキキョウもこの村のことは秘密で頼む」

「承知した。では、共同戦線というわけであるな。よろしく、キキョウ・ナツメである」

シルバの言葉に頷き、キキョウはカナリーに手を差し出した。

「カナリー・ホルスティンだ。噂はかねがね」

握り返すカナリーは、キキョウを知っているようだった。

「む？　噂とは？」

「歓楽街の守護者、ジェントの剣術使いキキョウ・ナツメの名前はよく耳にしているからね」

「なぁっ⁉」

ビンッとキキョウの尻尾の毛が逆立った。

「……先輩、歓楽街の守護者って？」

シルバの裾を、ヒイロが引っ張った。

「キキョウは俺達とパーティー組む前、あちこちの酒場で用心棒をやってたんだよ」

「ああ、それでですか……」

一緒に聞いていたタイランが、納得したような声を漏らした。

「でもそれを言ったらホルスティンも有名だけどな。主に学習院《アカデミー》で」

シルバは、今まで敢えて触れなかったことを口にした。

学習院《アカデミー》とは、魔術師や錬金術師が出入りするアーミゼストにある学究機関であり、神の奇跡である祝福を使うことができる司祭のシルバもまた、この学習院《アカデミー》の関係者なのだ。

ギクリと、カナリーの身体が強ばる。

「う……その話はよすんだ、シルバ・ロックール」

「先輩、どう有名なの？」

「言った先から掘り下げようとするんじゃない⁉」

空気を読まないヒイロであった。

なので、シルバも教えてやることにした。

「学習院《アカデミー》の錬金術科が誇る、美貌の天才錬金術師！　とか」

カナリーは何しろ目立つ。

ただでさえ人目を引く風貌なのに加え、成績も優秀、しかも貴族である。

カナリーの親衛隊《ファンクラブ》だってあるぐらいなのだ。

だが、カナリー自身はその評価がお気に召さないらしかった。

「僕は天才じゃない。一般より優れているという自覚はあるが、天才というのはもっと突き抜けているモノだ。僕は強いて言うなら秀才といったところだ」

自分で秀才っていうのもどうなんだとシルバは思うが、実際頭がいいのだから、そこには突っ込まないでおいた。

「天才より下ってこと？」

「違いますよ、ヒイロ……天才と秀才を比較するのは、その、ナンセンスなんです。そもそもの、質が違いますから」

「よく分かんないなあ」

ひょいひょいひょいとクッキーを口に入れながら、ヒイロがぼやく。

「とにかく、ホルスティンは優秀だってことで有名なんだよ。あと、すごく目立つから」

「貴族は輝いてこそだ。もういいだろう。話を詰めよう」

カナリーは強引に、話の軌道修正を図った。

確かに脱線はしているので、シルバにも異論はない。

「だな。……あー、ホルスティン。連絡用に、『透心《シンツ》』の契約を行いたいんだけど、いいか?」

「僕は構わないけどね。しかし、祝福となると僕には適応されないだろう。僕達、闇の血族と神の祝福との相性の悪さは有名だからね」

「とりあえず、ほい。親指」

カナリーの苦笑いに構わず、シルバは右の親指をグッと出した。

しょうがない、とカナリーも同じように親指を突き出し、シルバのそれと合わせた。

「だから、無理だって……何で使えているんだ⁉」

シルバの意識と繋がった感覚に、カナリーは思わず立ち上がっていた。

対するシルバは冷静に、香茶を飲んでいた。

「大体、こちら側の思い込み。吸血鬼には使えない。アンデッドに治癒の祝福を与えると逆にダメージを与えてしまう。そういう固定概念が、現実に影響を与えているんだ。使おうと思えば、普通に使える」

「……いや、いやいやいや。ないだろう。君が言っているのはつまり、君の使う祝福は世間一般に広まっている常識の枠外にあるって、そういうことだぞ」

「まあ、そういうことだ」

非常識という自覚はシルバにもあった。

ただ、あくまで『世間ではこうである』という常識より、自分の考えの枠が少々広いだけだと、シルバは思っている。

例えば土に『崩壁《シルダン》』を使い、防御力を下げたのも同じだ。

実は誰だってできる。

ただ、できないと思えばできないのだ。

シルバと、普通の聖職者・魔術師達との違いは、それだけに過ぎない。

「とにかく使えるんだから気にするな。便利だし、使えないよりはいいだろう」

「……先輩、何か、身悶えてるんだけど」

ヒイロの指差した先では、カナリーが頭を抱えていた。

「……分かります。つまり、シルバさんは、とても非常識なことをしているんです……魔術や祝福、神秘の類に知識がないと、分からないことなんですけど……」

タイランが同情するように呟いていると、ガバッと起き上がったカナリーがその両手を取った。

「分かってくれるかい、タイラン！」

「ま、まあ……多少、錬金術には心得が、ありますから……」

「よーし、ホルスティンとタイランがさらに馴染んだところで、打ち合わせに戻ろうか」

話が進まないなあ、と思うシルバであった。

誰が原因かは、敢えて考えないようにした。

作戦会議

THERE IS SOMETHING STRANGE ABOUT OUR MEMBERS.

「もっとも斥候《せっこう》は本職ではない故、かなり大雑把ではあるぞ」

キキョウはそう前置きをすると、自分の記憶を『透心《シンツ》』に投影した。

そのイメージが、シルバの意識に送り込まれてくる。

シルバだけではない、ヒイロ、タイラン、カナリーも同様だ。

「ほう……これはなかなか、悪くないね。言葉での伝達ではどうしても、ある程度の齟齬《そご》が出てしまうが、記憶をイメージとしてそのまま相手に投影できるなら、その問題も解消される」

キキョウはまず、森の街道に戻った。

そして、匂いの濃かった方へと向かうことにした。

行商人の言葉通りなら、普通に考えてこの匂いの強さは行商人の荷物であり、運搬したのは山賊達であると推測するのは容易なことだ。

慎重に森の中を進み、やがて朽ちた坑道の入り口が見えた。

その手前には、行商人の荷馬車があり、木にロバが繋がれていた。

荷物はさすがに中のようだ。

入り口の両脇にはたき火が焚《た》かれ、見張りが二人立っていた。

装備は革の鎧に、粗末な槍。

それほど真剣な見張りではないことは、昼間から酒を飲んで、猥談を行っていることからも分かった。

あくまで、そういう役割に過ぎないということだろう。

身のこなしは素人《しろうと》同然、訓練を積んでいる動きではない。

さすがに中に入ることはできなかったが、見張りの会話を聞くことはできた。

そのほとんどは猥談だったが、山賊の数が約二十人程度であること、最近新しく先生と呼ばれる用心棒が入った。

行商人がまだ見つかっていないので、都市や村に連絡される前に、探し出さなければならない。

どこかで野垂れ死んでいるんじゃないか。

そろそろ新しい獲物を手に入れたい。

女がいる馬車ならいいけどな……等々。

「不愉快だな」

「うむ、それは同意する」

カナリーは眉をしかめ、キキョウも渋い顔をした。

「こっちは四人。ただ、見張りの武器の性能なら、タイランを前に出せば、かなり楽ができると思う」

「タイランの鎧、すごく硬いからね」

ヒイロが何故か、自信ありげに胸を張った。

「お、お手柔らかにお願いしますね」

「しかし二十人ぐらいとなると、やっぱりもっと戦力が欲しいな。ホルスティン」

シルバはカナリーを見た。

「条件次第では、僕一人でもその数を相手にできるがね」

自信ありげにカナリーは言った。

「そりゃ大きく出たな」

「山賊全員が、外に出ていること。それが条件だ。錬金術は研究としてやっているが、戦力として考えるならやっぱりこっちだろうね」

カナリーは指を一本立てると、そこに紫色の雷球を生み出した。

それが一つに固まり、大きな雷球になった。

「雷の魔術か」

「全体に対して攻撃を行える。並の人間なら、一撃でケリがつくだろう。ただし、詠唱には少々時間が掛かるかな」

「村長さんや周りにいる、三人は？」

シルバは、カナリーの後ろにいるネリーを見た。

「ネリーは、それなりに使えるよ。……他の三人の使う魔術は生活魔術が主だからね。戦わせるのは酷だと思う。どちらかといえば、この三人はネリーの村長業務の補佐のつもりで連れてきたんだ。山賊の調査はネリーにやってもらうつもりで、その間の仕事のためにね」

「……家庭用の魔術で、戦闘は厳しいですよね」

タイランが呟く。

「お茶くみや書類整理の魔術で戦うのは、少々辛いと僕も思う」

「村の人達はどうなのであるか？」

キキョウの問いに、カナリーは小さく唸った。

「力仕事をやってる人は何人かいるけど、正直なところ彼らは巻き込みたくない」

その理由はシルバにも分かった。

「一人倒れれば、それだけ供給できる血液の量も減るしな」

「それもあるけど、精神的な抑圧を与えていると血の質が落ちてしまう。何より戦いに関しては素人だ」

「……となると実質、村側の戦力は二人であるか。他に、戦える人員はいなかったのであるか？」

「本当はもっと手勢を連れてくるはずだったんだ。でも、諸事情で出払っているんだよ。アーミゼストの方で忙しくて」

カナリーは不機嫌そうにぼやいた。

その態度に、シルバは思い当たる節があった。

「ああ、それならしょうがないな」

「先輩、何か知ってるの？」

「最近、都市のあちこちで若い女性の失踪が続いてると言っただろ。教会に相談に来た人が何人かいる。ホルスティンの部下が動いているってのは、多分それじゃないか？」

シルバの問いかけに、カナリーは頷いた。

「そうさ。……その一件、実はどうも吸血鬼が絡んでいるんじゃないかって疑いが強い。一人の悪事が、種族全体の評判に関わるんだ。ウチで動ける者のほとんどを、そっちに振っちゃってるんだよ」

「……かといって、こちらを放置もできませんよね」

タイランの言う通りだ。

山賊は行商人をしつこく探しているらしい。

別の『獲物』が現れれば狙いは逸れるだろうが、それはそれで違う犠牲者が出てしまう。

「そう。だから、こっちの案件は早急に片付けてしまいたい。戦闘用の魔術の心得ならある。実戦経験も何度か。あと、こちらは二人じゃなくて四人だよ」

カナリーがパチンと指を鳴らすと、足下の影が濃くなり広がった。

床に伸びた影の中から、赤と青のドレスの美女がスルリと姿を現す。

「紹介しよう。ヴァーミィとセルシア。人形族で、僕の護衛を務めている」

「人形族……？　シルバ殿、何か知っているであるか？」

「古代の魔術師が造った、土人形《ゴーレム》の一種、らしいな。土人形《ゴーレム》といっても、自我はあるって話だ」

キキョウの問いに、シルバは答えた。

「土人形《ゴーレム》だけあって、力は強く身体も硬い……んだよな、ホルスティン？」

「その通り。華奢《きゃしゃ》な見た目通りと思わない方がいい」

「じゃあ、腕相撲とか、してもいい？」

「……負けるとは思わないが、戦いの前に鬼族《オーガ》と腕相撲は、勘弁してもらいたいかな」

カナリーが固辞し、ススッとヴァーミィとセルシアはヒイロから距離を取った。

「さて、それじゃあ、リーダーを決めようか。といっても、順当に考えて君か僕になるだろうが……連絡用の『透心《シンツ》』を使う、君が中心になった方がいいと、僕は思う。戦いの経験から言っても、癪《しゃく》な話だが、君の方が上だろう」

カナリーはシルバを指差した。

「ホルスティンがいいなら、俺が指揮を執《と》ろう。ホルスティンは戦うことに専念してくれ」

「いいだろう。ただし、理不尽な命令には従わないよ?」

「こっちもそんなモノ、出すつもりはないね」

カナリーがあっさりと指揮権を譲ってくれたため、シルバはリーダーとなった。

「それで作戦は?」

「こっちは人数が少ない。正面からまともにやりあっても消耗が激しいだろうから、深夜に奇襲を掛けようと思う」

「悪くないね」

「ホルスティン、空は飛べるか?」

「僕もネリーも夜なら問題ないが、どうしてだい?」

「そりゃ、ホルスティン達には空にいて欲しいからだよ。森の中を歩くとなると、できる限り、足音を立てる人数は少ない方がいい」

「なるほど。じゃあ、ギリギリまでヴァーミィとセルシアも、僕の影に潜んでもらっていた方が良さそうだね」

「あと、煙玉を作りたい。雑貨屋に売ってるか？」

「そういうのは扱っていないな。でも、錬金術の工房があるから、四半時《しはんとき》もあれば作れるけど？」

「じゃあ、頼む。……それと、ハイランドさん」

シルバは、ネリーを見た。

「何でしょうか？」

「さっきの無機物に魂を分け与えるって奴、どれぐらいの数できます？」

「大きさや重さによって異なります。どういったモノに分け与えるおつもりでしょうか」

ネリーの問いに、シルバは懐から小さな石ころを取り出した。

洞窟で灯りを作った時のモノだ。

「こういう石。もうちょっと小さい、砂利レベルでいいんだけど」

「砂利程度でいいのなら、数百はいけると思いますが」

「じゃあ、それでお願いします」

シルバは、石を懐に戻した。

「……君、一体何を企んでる？」

カナリーの不審げな問いかけに答えたのは、シルバではなかった。

「……多分、悪いことです」

「だよねー」

「シルバ殿のやることであるから、おそらく敵の怒るようなことであろう」

カナリーはタイラン達を見て、それからシルバをもう一度見た。

「……君、仲間にこんな風に言われてるんだけど、大丈夫か？」

身に覚えがありすぎて、シルバはただ肩を竦めるしかなかった。

ネリー・ハイランドの願い

THERE IS SOMETHING STRANGE ABOUT OUR MEMBERS.

戦う前に、物資の準備と食事を摂《と》ることになった。

各自の入り用のモノを雑貨屋で調達した後は、酒場に集合ということになり、一足先に準備を終えたシルバは酒場への道を歩いていた。

方々の家の灯りがあるとはいえ、村の夜道は暗い。

シルバは石に『発光《ライタン》』を付与し、手で転がすそれを照明にしていた。

「ロックールさん」

振り返ると、カナリーの部下、ネリー・ハイランドが追いかけてきた。

「シルバでいいですよ。ハイランドさんの方が年上のようですし、仲間ですから」

「では、私もネリーとお呼びください。敬語も不要です」

隣に並び、ネリーが言う。

「分かった。それでネリーさん、何かあったんですか？　ああ、悪い。しばらく、敬語と素が混じると思う」

「そこは気にしませんよ。ただ、我が主《あるじ》のことでお話が」

「ホルスティンが、どうかしたんですか？」

歩きながら、シルバは尋ねた。

「カナリー様自身には、何の問題もございません。いや、あると言えばあるのですが……とにかく、そうですね。どうか、カナリー様と仲良くしていただければと思いまして」

「……問題があるって部分が、すごく気になるんですけど」

口ごもられては、指摘せざるを得ない。

しかし、ネリーは少し困ったような笑顔を浮かべ、肩を竦めた。

「そこは、プライベートに触れるのですが、今回の作戦自体には、差し障りがございません。おそらくカナリー様自身がいずれ、話してくれることになるでしょう。……そう、いずれというところなのです」

「つまり、カナリーと友達付き合いをして欲しいってこと?」

「ありて体《い》に言えばそうです。カナリー様には、友達が少ないので」

「本人が聞いたら、拗ねそうですね」

そのまま伝えたら、間違いなくへこみそうだ。

ただ、ネリーにとっては笑いごとではないらしい。

「事実です。まず貴族であることで、庶民は気後れします。また吸血鬼であることから、怖れられることも珍しくありません。錬金術師としても優秀なので、そちらの方面でも対等に話ができる者が少ない。そしてもう一つは……これは私の口からは申せません。ただ、それが理由でカナリー様ご自身が、他者と距離を取っています」

どうやら、茶化してはいけない内容のようだ。

「それは、いずれって部分に触れるのかな？」

「左様にございます」

なら、触れずにいるべきだろう。

人には誰だって、聞かれたくないことの一つや二つはある。

シルバは司祭なので、人と接することも多く、そういうことはよく知っていた。

「その仲良くしてってお願いは、俺だけに該当するのかな？　それともウチの仲間全員？」

「できることならば、全員にお願いしたいですね。家で話したのはこの村の事情でしたが、カナリー様があのように楽しそうに話をされるのは、珍しいことなのです」

「楽しそうというか振り回されてたというか……」

ヒイロにペースを乱されるのは、まあ、しょうがないよなとシルバは思う。

「シルバ様も、振り回したご本人の一人ですよ」

ネリーに、痛いところを突かれるシルバだった。

「俺はそのつもりはなかったんだが……まあ、タイランとは、特に話が合いそうだよな。そもそもタイランのあの知識がどっから来てるのか、俺にも分からないんだけど」

「そもそも、一つのパーティーでここまで種族がバラバラというのも、珍しいのではないでしょうか？」

「それは確かに、よく言われる。ほとんど成り行きで組んだパーティーだけど、上手いこと回ってると思うよ」

冒険者のパーティーの多くは、同じ種族同士で組むことが多い。

人間は人間、獣人は獣人といった具合だ。

シルバのパーティーのように、人間、獣人、鬼族《オーガ》、動く鎧《リビングメイル》と全員が違うのは、アーミゼストの冒険者ギルド内でも異色である。

それだけに、役割分担はハッキリと分けやすいというメリットがある。

……逆に言えば各々の能力が突出しているので、代役が務まりにくいというデメリットも存在するのだが。

「そして、シルバさんのパーティーにはまだ、魔術師がおられない」

「ネリーさん、そそのかしてる。それ、めっちゃそそのかしてるっぽいから」

割とグイグイ来るなあこの人、とシルバは思った。

「この辺りは、カナリー様自身の意志次第でもありますが」

思ったよりもあっさり引いてくれて、シルバはホッとした。

パーティーに魔術師が入ってくれるのはありがたいが、本人のいないところでの推薦はフェアではないとも思うのだ。

また、カナリーには別の問題も存在する。

「俺達のパーティーに入るとしても、ホルスティンは、『牧場』の運営とか、色々あるんじゃないのか?」

「そちらは問題ありません。カナリー様の部下に、無能はおりませんから。今の仕事ですら、カナリー様の処理は早く、私どもの仕事が少ないぐらいなのです。カナリー様ご自身の決済が必要な仕事は、ごくわずかな時間で済ませてしまわれるでしょう。シルバ様達の負担にはならないと、お約束します。……あの方には、人付き合いが最優先です」

引いたと思ったら、また推《お》してきたネリーだ。

ネリーだけではない。

いつの間にか、赤と青のドレスの美女、人形族のヴァーミィとセルシアも一緒になって、シルバに迫っていた。

「うおっ⁉」

「ヴァーミィとセルシアも、そうだと申しております」

人形族は無表情なので、夜道で無言で詰め寄られるとかなり怖い。

「どっから現れたんだよ、二人とも⁉」

しかし、喋る機能がない人形族の二人は答えない。

護衛であるカナリーから離れていいのかとか、思うところはあったが、カナリーには今、話に出ていたタイランが一緒についているから、その辺は大丈夫なのだろう。

シルバは三人と距離を取り、ネリー達の訴えに応えることにした。

「まあ、さっきネリーさんも言ったけど、その辺は本人の意思次第だから、約束はできない。けど、友達付き合いってのなら、ウチのパーティーとは無関係に構わないと思うよ。学習院《アカデミー》には俺も出入りするし、出入りだけなら基本的に誰だって問題ないはずだから」

「ありがとうございます」

酒場に到着した。

酒場に全員が集まり、食事となった。

「はー……」

ヒイロは、肉の塊を食べる手を止め、カナリーの手元に見入っていた。

その視線に気付いたのか、カナリーは食事を飲みにくそうにしていた。

「マジマジと見ないでもらえるかな、ヒイロ」

カナリーが飲んでいるのは、ガラス管に入った血液だ。

この『牧場』で採れたモノである。

それが数本、ケースに入って並んでいる。

また、別の飲み物としてトマトジュースも用意されていた。

「や、そんなので栄養摂れるのかなーって思って。お肉食べないの？」

「食べる時は食べるけど、戦う前だろう？　あまり重たいモノは食べたくないんだ。大体それを言うなら、タイランだって似たようなもんじゃないか」

カナリーは、ヒイロの横を指した。

タイランが、桃蜜水のジョッキを少しずつストローで吸っていた。

「その、固形物は、ちょっと苦手でして……」

ヒイロはタイランを見、もう一度カナリーに向き直った。

「タイランはいいんだよ」

「何故だ」

「見慣れてるから」

「……そうか。まあ、人の食事をマジマジと眺めるのはマナーに反する。覚えておくといい」

突っ込まないぞ、という強い意志の込められた発言だった。

「このお肉美味しいね！」

「人の話を聞く気がまったくないな、君は⁉」

肉の塊に笑顔でかぶりついたヒイロに、カナリーの忍耐は一瞬で尽きたようだ。

「ボク吸血鬼ってさー、みんな人から直接吸うんだと思ってたよ。違うんだね」

「……話し合いの時も言ったと思うけど、そんなのやってたら、すぐに『人間の血液』がなくなってしまうんだから」

話がポンポンと跳びはねるヒイロに、カナリーは疲れた態度で返事した。

「牙立てなきゃいいんじゃない？」

「毎回、僕達に血を吸わせるために、ほんのちょっととはいえ身体に穴を開けるのって、人間にはかなり負担だと思わないかい？　採取だって、何日かに一回なんだぞ？」

「あー……そっか。難しいんだね」

「それに、直接人間の血を吸うっていうのは、吸血鬼にとって結構特別なことなんだよ」

「どんな風に？」

カナリーは口を開き、答えようとして、結局やめた。

「教えない」

「えぇー」

会話の弾む（?）ヒイロとカナリーを横目に、シルバとキキョウは静かに食事を摂っていた。

「……ヒイロのコミュニケーション能力は、すごいであるな」

「俺もそう思う」

チラッとネリーを見ると、そんなカナリー達をニコニコと眺めていた。

坑道へ

THERE IS SOMETHING STRANGE ABOUT OUR MEMBERS.

食事を終えて、シルバ達は山賊達のアジトを目指すことにした。

時刻は深夜。

山の中の街道までは、『発光《ライタン》』で特に苦労はなかったが、ここからが問題だった。

山賊に奇襲を仕掛けるには、当たり前だが気付かれてはならない。

可能な限り、音を消し、灯りも点けるべきではなかった。

空に月は浮かんでいたものの、森の中では月光の恩恵も授かりにくい。

最初は、夜目の利くキキョウに手を引いてもらうという案もあったが、タイランがカナリーと共に便利なモノを作ったのだ。

「……おおー、見える見える」

暗い森の中を、囁くような小声のヒイロが軽快に歩いて行く――気配がする。

息づかいや足音でしか判断できないのは、シルバには暗闇で見えていないからだ。

木にうっすらと引かれた横線。

黄色い燐光を放つのは、タイランが作った白墨《チョーク》の一種である。

先行して、直線上の木に線を引いているのは、キキョウだ。

「これなら、木にぶつからずに済むな。でも、足下には注意しろよ、ヒイロ」

「分かって……うひゃあっ」

何やら、倒れる音がした。

……何か、洞窟でもあったな、これ。

「ちょっ、ヒイロ、言った傍から……き、気をつけて」

シルバの後ろから、タイランの声がする。

何しろ甲冑のタイランは、シルバ達より慎重に動かないと、金属のこすれ合う音がしてしまうのだ。

静かに動くためには、どうしても普段よりゆっくり歩く必要があった。

なお、カナリーとネリーの二人は空を飛んでいる。

おそらく、シルバ達のすぐ頭上を飛んでいるはずだ。

「あはははは、ごめんごめん。……っ、そろそろ近いかな?」

ヒイロが止まり、武器を抜く——音がした。

キキョウも立ち止まり、刀の柄に手をやっているようだ。

「うむ、奴らまともに風呂にも入っておらぬのだ。実に臭う」

シルバが目を凝らすと、大分遠くになるが、篝火《かがりび》が二つ見えた。

『じゃあ、ここからは『透心《シンツ》』で連絡を取り合おう』

シルバが『透心《シンツ》』で念話を飛ばすと、周囲から返事がきた。

『心得た』

『おっけーだよー』

『りょ、了解しました……』

同時に、それぞれの居場所も分かる。

シルバを中心に、キキョウとヒイロがやや前方、そして後ろにタイランがいる。

『……それにしても、便利なモノだね、この祝福は。僕はどうしたものかな、シルバ・ロックール』

『お任せします、シルバ様』

カナリーとネリーは頭上の木の上だ。

『ホルスティンとネリーさんはその場で待機。まず見張りをやってくれ、キキョウ、ヒイロ』

『うむ』

『らじゃっ』

シルバの指示に、消えるように移動するキキョウ。

ヒイロは草を掻き分け、大きく右に迂回《うかい》していく。

その間に、シルバは少し前に進み、道具袋から大量の砂利を吐き出した。

「ぐ……!?」

「な、何……がっ!?」

木の陰に隠れ、篝火の焚かれている方角を覗き見ると、左からキキョウが、わずかに遅れて右からヒイロが闇夜に乗じて、二人の見張りを背後から倒した。

ドサ、ドサリと倒れる音はしたが、坑道から誰かが出てくる気配はなさそうだ。

『完了したぞ、シルバ殿』

『……さっすがキキョウさん。速すぎでしょ。ついていくので精一杯だったんだけど！』

それでもキキョウに合わせるだけ、大したモノだとシルバは思う。

まあ移動自体は、キキョウがヒイロの速度に合わせたのだろうけれど。

『キキョウ、ホルスティンが作ってくれた煙玉を頼む。こっちはその間に仕込んどくから、ネリーさん、始めよう』

『はい』

スッと、頭上からネリー・ハイランドが下りてきた。

「――『発光《ライタン》』」

シルバは小さく聖句を呟き、砂利全体に『発光《ライタン》』を付与した。

小さな山になった砂利が、淡く赤い光を放った。

「行きます――『仮初《かりそ》めの生命』」

ネリーの手から白い光が漏れ、それが液体のように砂利へと注がれていく。

すると砂利は自分で意志を持つかのように、浮かび上がった。

ハイランドの血族が有する種族特性、己の魂を無機物に分け与え、使役するのが『仮初めの生命』という術である。

赤い光を放ちながら蠢《うごめ》く砂利は、まるで空中を泳ぐスライムのようだった。

「適度に分かれて、周辺に散ってください」

ネリーの指示で、砂利達は方々へと散っていった。

速度はそれほど速くなく、その様《さま》はさながら赤い人魂《ひとだま》のようであった。

やや遅れて、タイランがシルバに追いついた。

『……お待たせしました』

「いや、いいタイミングだ」

シルバはそう答えて、坑道の入り口を見た。

『……では、始めるのである』

キキョウが懐から、丸く黒い球を二つ取り出した。

導火線の伸びたそれは、カナリーが作った煙玉である。

篝火に導火線の先端を当て、火を点けると、その球を坑道に投げ込んだ。

『シルバ殿、よろしく頼むのである』

キキョウがこちらを見た。

シルバは木の陰から飛び出し、坑道の入り口に手をかざす。

「『大盾《ラシルド》』」

魔力の障壁が、坑道を封鎖した。

キキョウが投げ込んだ煙玉は、大量の煙を放出したが『大盾《ラシルド》』によって、逆流はしてこない。

この煙玉はただの煙ではない。

催涙と麻痺の効果が練り込まれていた。

「ごほ、げほっ……一体何が。火事か……?」

「敵襲かもしれねえ。畜生、見張りは何をやってやがる！」

「とにかく出ろ！　このままじゃ息ができなくなって死ぬぞ！」

坑道内から、悲鳴と怒声が響き始めた。

その声を聞きながら、シルバはキキョウと一緒に、見張りをロープで縛り上げていく。

『先輩、ボクの見せ場がないんだけど！』

むぅ、とヒイロが頬を膨れさせた。

『何事もなければ、ヒイロは本当に見せ場ないまま終わるな。個人的にはトラブルがないってことだから、それが一番望ましいんだけど』

『むぅぅ……すごく複雑な気分』

煙玉を調合したカナリーによれば、麻痺効果があるといってもそれほど強いモノではない。

まあ、それを抜きにしても催涙効果のある煙玉だ。

しかも坑道の出入り口には、『大盾《ラシルド》』を仕掛けておいたので、煙の逃げ場がない。

普通なら、このまま無力化できる。

ただ、戦いの場では何が起こるか分からない。

もしかしたら別の脱出口があるかもしれず、その確認のためにも、カナリーには空中で待機してもらっている。

逃げ場があるのなら、そこから煙が立ち上るからだ。

「よせ！　そっちは駄目だ！　そりゃ先生の使ってる部屋だろうが！」

「うるせえ、このままじゃ窒息して死んじまうだろうが！」

「誰かそいつを止めろ！　先生の飼っている『アレ』を刺激させるんじゃねえ！」

漏れ聞こえる声に、シルバはキキョウ達と視線を交わし合った。

モノが倒れる音や言い争う声が響いた後。

獣のような絶叫が響いた。

大きな破砕音、打撃音、歩幅の広い重い足音が迫り来る。

『何か、ヤバいのが来る。もうちょっと距離を取ろう』

『は、はい……！』

正面に立つタイランと共に、シルバはわずかに後退した。

その判断は正しかった。

直後、『大盾《ラシルド》』の魔力障壁をガラスのように砕き、黒い塊が姿を現した。

身の丈《たけ》はタイランを大きく上回る巨体。

ふさふさの毛を纏《まと》い、赤い瞳に鋭い前歯を持つそのモンスターに、シルバは見覚えがあった。

「タ、タックルラビット？」

ただ、サイズはシルバの知っているそれと、若干違っていたが。

思わず出たシルバの呟きに、ジャイアントタックルラビットは威嚇《いかく》するような声を上げた。

一瞬の見落とし

THERE IS SOMETHING STRANGE ABOUT OUR MEMBERS.

大人の熊ぐらいの巨体を持つ、タックルラビット。

何の冗談だとシルバは思ったが、さらに悪い情報がカナリーから『透心《シンツ》』で飛んできた。

『シルバ、そいつ、吸血種だ。噛まれたら、眷属にされるぞ』

「マジか⁉」

興奮状態のタックルラビットは、正面にいたタイランに突進してきた。

噛むとか噛まないとか関係がない。

「ぐっ‼」

タイランが足を踏ん張り、何とか耐える。

この体躯、加えてスピードが最早脅威だった。

「タイラン——ッ‼」

キキョウが背後から、ジャイアントタックルラビットの背中を斬り付けた。

しかし、いくらかの毛が舞うだけで、ジャイアントタックルラビットの背は切れなかった。

「刃が通らぬ、だと……⁉」

キキョウが愕然とする。

「こんの‼」

一瞬遅れて、跳躍したヒイロがジャイアントタックルラビットの脳天に骨剣を叩き込んだ。

全体重を乗せた一撃だ。

さすがに頭は効いたのか、ジャイアントタックルラビットの身体がグラリと揺れる。

「斬って駄目なら、ぶん殴る‼」

自分に痛手を与えたヒイロを、ジャイアントタックルラビットはギロリと睨んだ。

そのタックルラビットに対して、ヒイロは手招きした。

「おいでませ。真っ向勝負は望むとこ！」

その言葉に応えるように、ジャイアントタックルラビットはヒイロに跳びかかった。

「コイツの相手はボクがする！」

ヒイロはそう宣言して、ジャイアントタックルラビットと交戦しつつ右手へと移動していった。

『シルバ・ロックール。アレは、僕が手伝った方がいいんじゃないか？』

空中で待機しているカナリーから、『透心《シンツ》』の念話が届いてくる。

『ヒイロがやるって言ってるから、任せる。一対一なら、ヒイロは大丈夫。まずは山賊を倒そう』

『分かった。タイミングを合わせよう』

一方、キキョウは悔しそうな顔をしながらも、坑道の入り口に向き直った。

「シルバ殿、済まぬ。完全な情報の不足であった」

「話は後だし、責めるつもりもない。まずは全部片付けよう」

「承知」

タックルラビットに続き、山賊達が坑道から出てきた。

煙玉の麻痺効果が効いてくれたのか、何人かはふらふらだ。

しかも寝起きだったためか、半裸の者も多い。

「クソ、テメエらの仕業《しわざ》か！　野郎共、たった四人だ、ぶち殺せ！」

山賊の頭らしき眼帯の男が、シルバに曲刀を突きつける。

その間も、ゾロゾロと山賊は坑道から出てきて、人数は十数人になった。

「それで全員か？」

「だったら、何だ！」

「分からないのか？　お前達は、包囲されている」

シルバがスッと手を挙げると、森の木々の間から無数の光が出現した。

坑道入り口周辺が、明るく照らされる。

動き出そうとした山賊達は、明らかに怯んだ。

「……っ⁉　何だこの数……！　討伐隊でも組まれたってのか⁉」

「気をつけろ！　取り囲まれてるぞ！」

「騙されるな！　何かのトリックだ！　おそらくランタンか何かを木の枝に括り付けて……」

「動いてるじゃねえか！　ヤベえ！」

山賊達は身を寄せ合い、一塊になりつつあった。

『——ホルスティン』

『任せたまえ。イレギュラーのモンスターもいるようだし、一瞬で決めてあげよう』

直後、夜空に眩《まばゆ》い閃光が瞬《またた》き、幾筋もの雷が、山賊達に降り注いだ。

「『雷雨《エレイン》』」

「ぐあぁぁぁっ⁉」

雷の雨に撃たれ、その場にいた山賊達はまとめて悶絶した。

雷光が弱まり、やがて彼らは全員が黒い煙を身体から立ち上らせながら、その場に突っ伏した。

「実に呆気ない。シルバ・ロックール。ネリーの力を借りるまでもなかったんじゃないかい？　そもそも彼らが出てくる前に灯りを用意していたのも、よかったと思うよ」

「バラバラに動かれると厄介だったからな。それに連中が坑道から吐き出される前に灯りを出すと、中に閉じこもられる可能性が高かった。それよりも、ヒイロを助けないと」

「それもそうだ。ネリー、君は山賊どもを縛っておいてくれ」

「かしこまりました。分け与えた魂達は、先にあちらへ」

ネリーの命令で、まだ赤い光を放ち続けている砂利が、雲霞《うんか》のようにジャイアントタックルラビットへと向かっていく。

そして命じた当人は、気絶した山賊達に向かって駆けていった。

それを見送り、シルバは思わず叫んだ。

「待った、ネリーさん！」

「シルバ様⁉」

「ホルスティンも！　二人とも飛んで――」

シルバは指示を送ろうとしたが、足下の土が割れる方が早かった。

割れた土からいくつもの蔓《つる》が飛び出し、シルバを縛り付ける。

シルバだけではない。

すぐ隣でカナリーが、そして少し離れた場所でネリーも同じように縛られていた。

「ひ、ひ……一足遅かったな」

土の中から若い男の声が響いたかと思うと、茶色いローブの男が姿を現した。

長い前髪を垂らし、眼窩《がんか》は落ちくぼんでやせこけているその様は、幽鬼のようだ。

「だから、せ、せっかちするなって言ったんだ……言ったのに聞かなかった、コイツら、自業自得だよな。これは雷か……く、口もロクに利けなくなってるなぁ……」

「く、そ……」

シルバは、自分のミスを悔やんだ。

キキョウから聞いた戦力は、山賊が二十人程度と『先生』と呼ばれる用心棒らしき存在。

カナリーの雷に撃たれたのは、全員が山賊だ。もしかしたらその中に『先生』も混じっていたかもしれないが、確定するまで気を緩めるべきではなかったのだ。

そして実際、『先生』は煙玉も食らわずに健在だ。

予想外の敵、ジャイアントタックルラビットに気を取られすぎた。

しかもこの蔓、ただの蔓ではない。

シルバの身体から、力が抜けてきている。

「これは……吸精……っ」

「そそ、その通り……長話は苦手だ。本題に、入る。お前……『牧場』の在処《ありか》、知ってるだろう?」

「……！」

魔術師の問いに、カナリーの眉がわずかに動いた。

「シルバさん！」

その声にハッとその方角を見ると、タイランが絡みついてくる蔓にも構わず、ジャイアントタックルラビットとの交戦に参加していった。

「うぅ～、まだまだぁ！」

ヒイロは力任せに蔓を引きちぎりながら、同じように戦っているが、蔓の吸精が徐々に効いてきているのか、最初のような動きの精彩は欠けていた。

「タイラン、いけるであるか⁉」

キキョウは蔓に囚われるより速く動き、それでも追いついてくるそれは、刀で切断していた。

「はい、こっちは私とヒイロで何とかしますから、シルバさん達をお願いします！」

「心得た！」

キキョウがこちらに駆け寄ってきた。

「話の……じ、邪魔をしないでもらえるか……？」

魔術師がクッと指を上げると、大地から蔓の柵が出現した。

「な……⁉」

「こ、これでも、この周辺一帯……色々植えてあるんだ。植物は多いから……け、研究には向いてるのさ……例えば、こんな柵を用意したり……ま、麻痺を中和したりとか……な」

キキョウは左右を見渡したが、柵は長く横に伸びている。

かといって跳躍するにはあまりに高い。

「くっ！　ならば……」

キキョウは一度足を止め、鞘に収めた刀を一瞬で抜き放った。

剣閃が走り、蔓の柵が切断された……が、即座に再生した。

「なかなか、やる」

魔術師がもう一度指を上げると、柵の空いている部分も蔓が伸び、柵は壁へと変化した。

そして、魔術師はカナリーに向き直った。

「これで、よし……。調べは……つ、ついているぞ、吸血鬼。……しょ、処女と童貞の若者だけが管理され、吸血貴族の秘奥も……き、金庫代わりに保存しているという『人間牧場』……。管理者も、す、少ない今ならば、制圧も容易《たやす》いだろう……？」

「……つまり、貴方の狙いは……そもそも僕達の村が狙いだったということか」

「こ……こんな山の中で、た、たまに通り掛かる商人を襲うほど、オレは暇ではない……。まあ、こいつらは、そうした暇人だけどな……」

魔術師は、倒れ伏している山賊達を見た。

「僕が素直に、教えると思うかい？」

「お、教えてもらわずとも、聞き出す術ぐらい……心得ている。魔術師だから、な」

魔術師は懐から小さな種を取り出した。

その種をどうするつもりなのか、シルバとしてはあまり聞きたくなかった。

その魔術師が、シルバを見る。

「でも、まあ、そう、魔術に頼らずとも……仲間を人質にする、なんて手段もあるけどな……」

「彼らは僕の仲間じゃない。利害の一致で一時的に協力しているに過ぎない。それに――」

魔術師の後ろに、ヴァーミィとセルシアが出現した。

「――ここで貴方を退治してしまえば、済む話だ」

ヴァーミィの手刀とセルシアの足刀が、魔術師の身体を三つに分けた。

魔術師の身体からは血が流れず、代わりに無数の蔓が蠢いていた。

その蔓同士が伸びて絡み合い、身体を分断された魔術師は、すぐに元の姿に戻った。

攻撃を仕掛けたヴァーミィとセルシアはというと、指を鳴らした途端、地面から出現した蔓に絡め取られてしまった。

「お、覚えておいた方がいい……魔術師が正面に立つのは……勝ちを確信した時だ……それが、一流の魔術師のやり方だ……」

「じゃあ、あんたは二流じゃないか」

シルバは両肘に手を当て、大きく息を吐いた。

「っ……!? お、お前、どうやって……」

「軍にいると、色々覚えるんだよ。例えば関節の外し方とか」

そしてシルバは、腰からナイフを抜いた。

戦闘用ではない、料理や細工に使用するナイフだ。

「し、神官が……オ、オレを相手取れると思っているのか……？ そんな粗末な武器で……」

シルバの足下の地面が割れ、再び吸精蔓が伸びてきた。

「いいや」

シルバは、自分の腕を切った。

傷口から派手に血が迸る。

「！」

魔術師は驚愕し、同時に己の失策に気付いたようだ。

シルバは血の滴る腕を、カナリーに突きつけた。

「飲め、ホルスティン」

カナリーはシルバの腕に吸い付いた。

紅《くれない》の瞳が赤く輝き、カナリーの身体から黄金の光が溢れ出た。

「くっ……！」

そのカナリーの身体を、魔術師の蔦が二重、三重と巻き付いていく。

が、その蔦をカナリーはすり抜けた。

吸血鬼の特性、霧化である。

「カナリーと呼んでいい、シルバ。僕もそう呼ばせてもらう」

「く、く、来るな……！」

魔術師の蔓が、槍のようにいくつもカナリーを襲うが、そのどれもがカナリーの身体をすり抜けていく。

「いいとも。なら、この場で決着を付けよう――『雷華《ライファ》』」

カナリーが足を止め、パチンと指を鳴らした。

その足下から放射状に雷が走り、魔術師や蔦を灼いていく。

「が……ががががが……っ‼」

魔術師はしばらく震えた声を上げながら電撃を浴びていたが、やがて全身から黒い煙を吹き出し……そして倒れた。

シルバやネリーに絡みついた蔦も灼ききられ、ジャイアントタックルラビットと戦うタイランらを遮っていた壁も炎を上げたかと思うと炭になって崩れ落ちていく。

その向こうでは、ジャイアントタックルラビットがこんがりと焼け焦げていた。

戦いが終わって力尽きたのか、パラパラパラ……と地面に落ちていくのは、ネリーが『仮初めの生命』で魂を分けた砂利だ。シルバが付与した『発光《ライタン》』はとっくに力を失い、光はない。

何とかタイランは斧槍を杖に立ってはいるが、ヒイロは大の字になって倒れているし、キキョウも壁だった場所の前で膝を折っていた。

「……一応、勝てはしたけど、これは後で反省会だな」

シルバは大きく息を吐いた。

魔術師は死んではいないようだが、さすがにこれ以上戦うのは不可能だろう。

その頭部が、わずかに動いた。

「っ⁉」

シルバの背筋を寒気が走った。

「全員警戒しろ！　まだ終わってない！」

『クク……』

魔術師の身体が震える。

いや、違う。これは、笑っているのだ。

『クカ……クカカカカ……!!　カカ、ハハハハハ……!!』

魔術師の瞳が赤く光り、全身を震わせながら、起き上がる。

正確には、身体のあちこちから生えた黒い蔓が、魔術師の身体を強制的に起こしていた。

その胸元には、血のように赤い宝石のようなモノがひときわ強い光を放っていた。

その間も、魔術師は笑っていた。

口から笑いは漏れていたが、表情そのモノは虚《うつ》ろで、意識があるようにはとても見えなかった。

「その笑い声……！　まさか、クロスか……！」

シルバの血を飲んだおかげか、かろうじてまだ立っていたカナリーが、問いただした。

ザクザクザクと魔術師の身体から蔓が生えては、地面へと突き刺さっていく。

魔術師の足は地面から遠く離れ、その身体は十メルトほどの高さに上りつつあった。

ただ、その全身は弛緩していて、まるで人形か案山子《かかし》のようだった。

魔術師の赤い瞳が、カナリーを見下ろす。

『ああ、これはこれは我が従兄弟殿……！　実に久しぶりだが、旧交を温めるような仲でもないだろう……？』

「確かにね。その傀儡《くぐつ》となっている魔術師……君の差し金か」

『さあ？　本人に聞いてみてはどうかな。もっとも今、僕がこうして喋っていられるってことは、この宿主殿は少なくとも意識を失っているってことだ。情報を聞き出せないねえ、残念なことだ。

クハハ……』

「何をする気だ……？」

『分かってないねえ……君。わざわざ、敵に情報を与えるはずがないだろう？　ああでも、死ぬ前だからいいか。植物の実験だよ。この魔術師が育てた蔓が、僕の力でさらにどれだけ成長するのか、ちょっと見てみたくてねえ……じゃあ、始めようか』

クッと魔術師の首が曲がった。

胸元の赤い宝石のような――核が輝く。

直後、魔術師を中心に地面のあちこちから、大量の蔓が噴き出した。

意識のあった魔術師が使役していた蔓の比ではない。

まるで間欠泉《かんけつせん》のような勢いで、夜の空へと蔓が伸びていく。

そして相変わらず、魔術師は身体をだらんと宙づりにしたまま、口だけは笑い声を漏らしていた。

『カハハハハ……すごい、すごいねえ、これは！　吸精の性質を持った植物が、これほど爆発的に成長するなんて、思いもしなかったよ！　どこまで成長できるか楽しみだ！』

カナリーは、指を鳴らし雷撃を魔術師に向けて放った。

だが、何十もの蔓が分厚い壁となり、雷撃を遮ってしまった。

「クッ……！」

『無理！　無駄！　無力！　遅すぎるよ、カナリー！　そんなあくびが出そうな攻撃、届く訳がないだろう？』

蔓の成長の源は、他の植物の精気なのだろう、見る見るうちに周囲の木々が枯れていく。

シルバ達に絡んでこないのは、最早ほとんど気力が尽き欠けていて、旨味がないと本能的に感じているからか。

「コイツはちょっと厄介だな……」

シルバは立ち上がった。

その様子に、魔術師がコテン、と首を傾けた。

『強がりはやめておくべきだね、聖職者。これはちょっと、とは言わない。ただの絶望だろう？』

「カナリー、コイツら、太陽の光は効くと思うか？」

シルバは、魔術師の言葉を無視した。

「……吸血鬼の特性から、吸精って因子を組み込んだんだと思うから、多分、効くだろう。けれど、今は真夜中で、太陽の出現はちょっと期待できない」

『……』

魔術師が沈黙する。

「さすがに、俺も太陽を出現させることはできないな」

『カハハ……それでどうする、聖職者……？』

「……」

今度はシルバが黙った。

絶望した訳ではない。

ただ、喋るのも億劫になってきたので、『透心《シンツ》』に切り替えただけである。

『……一応、思いついた手はある。相当分が悪いけど、まあ何もしないよりはマシだろう。全員の協力が必要になる。いいか？』

『無論である』

『おっけーだよ、先輩』

『わ、私にできることでしたら……』

『何を企んでるのか知らないけど、アレをどうにかできるのなら、やれるだけのことはするよ。いいね、ネリー』

『もちろんでございます』

反対意見はなかった。

なので、シルバは手を合わせた。

『……何をする気だい？』

「さっき、カナリーに血を飲ませた時に、ちょっと気がついたことがあってな」

言いながら、シルバは心のうちで、ゴドー神に聖句を捧げる。

ゴドー神には、様々な権能があるが、その中でも特に強いのが豊穣神としての一面であり、農民からの信仰が厚い。

特に秋に行なわれる実りの祭りはどこも活気に溢れている。

故に、農作物を豊作にする祝福や、晴れの日が続くように祈る祝福などがある。

とはいえ、魔力もほとんど使い果たした今のシルバに、そんな大きな祝福は使えない。

パーティーの仲間の力を借りても、ささやかなモノだ。

「人間、うまいモノを食べると一瞬、動きが止まる。カナリー、俺の血は美味《うま》かったか」

「それはもう、痺れるほどに甘かったよ」

『……っ‼』

本能的に危機を感じたのだろう、一瞬魔術師の身体が震えたかと思うと、周囲の蔓がシルバ達に襲いかかってきた。

シルバは、合わせた両手を一度離し、そして大きく打ち合わせた。

ゴドー聖教に伝わる『浄音』であり、最も単純な儀式の一つである。

そして、シルバが扱う祝福も、難しいモノではない。

「『蜜精付与《ミツエル》』」

これは、植物が大地や水から吸収する精気に甘みを与え、その成長を高める祝福だ。

その祝福を受けた果実は、従来のそれよりも強い甘みのあるモノが育つ。

今自分達に襲いかかってくる植物が、吸血種の性質を持っているモノだとするならば……。

『しまっ……』

魔術師は最後まで言うことができなかった。

吸収していた精気に突然強烈な甘みが加わり、蔓達の動きが一瞬、痺れたように硬直した。

そして、カナリーはその一瞬を見逃さなかった。

「――『雷閃』‼」

指の弾く音と共に、雷撃が迸り、魔術師の胸にあった赤い宝石のような核を貫いた。

『あ――』

短い言葉を発し、魔術師を吊していた蔓が力なく枯れていく。

シルバ達を襲おうとした蔓も、ボロボロと黒く朽《く》ちていったのだった……。

「……さすがにもう、無理だぞ」

シルバはその場に、へたり込んだ。

腕の傷が酷く痛むが、今のシルバは困ったことに、『回復《ヒルタン》』一つ唱えるほどの魔力も残っていなかった。

まあ、切る場所は考えたし、出血多量で死ぬことはないだろう。

一つの見落としが、パーティー全体の崩壊にも繋がる。

シルバの判断ミスだ。

……まあ、それを振り返るのも、村に戻ってからの話だな。

カナリーの方を見ると、自身も相当衰弱しているにも関わらず、ネリーがカナリーの前に跪いていた。

「成人、おめでとうございます。カナリー様」

「ああ、まさかこんな場所で成人の儀を迎えることになるとは思わなかったけど……まあ、めでたいことなのだろうね」

そう言葉を交わし合い、二人はシルバを見た。

「ヤべえ……やっちまった」

シルバは思わず、ボヤいた。

吸血鬼が人の血を直接吸うことは、特別な意味があるのである。

戦い終わりベッドに倒れる

THERE IS SOMETHING STRANGE ABOUT OUR MEMBERS.

戦いの後、一人元気になっているカナリーにスミス村へと飛んでもらった。

その間に、シルバ達は回復薬《ポーション》を使い、何とか動けるまでには力を取り戻した。

坑道の中は気になるが、まずは山賊達の扱いが先だ。

しばらくすると、カナリーが配下の三人を連れて戻ってきた。

「急いで運んでしまおう。日が昇ると、僕達吸血鬼の力は半減してしまうからね」

カナリーは配下から首輪を受け取ると、魔術師の首にそれを嵌めた。

「魔術封じか？」

「その通り」

シルバの問いにカナリーはウインクで返した。

捕まえた山賊達や魔術師は、彼らに空輸してもらうことになった。

そちらは任せて、シルバ達は自分達の足で、スミス村に帰還する。

回復薬《ポーション》を使っても、眠気は取れないし、芯から来る疲労はどうにもならない。

村長宅の客間を与えられると、シルバ達はベッドに倒れ、そのまま眠りについた。

そして、夕方にはまだ少し早いぐらいの時間。

自然と目を覚ましたシルバは、ネリーの勧めで家に設置されていた風呂を使わせてもらい、食事を摂ることになった。

食堂に入ると、タイランがいた。

ジョッキに入った水分を補給しているようだ。

「あ、お、おはようございます……おはよう、でいいんでしょうか……？」

「起きたところだから、いいんじゃないか。他の二人は？」

「その……おそらく、まだ眠っています」

「まあ、昨日はきつかったからなあ」

「ですねえ。あ、シ、シルバさん、傷は大丈夫ですか……？」

タイランが心配そうに、シルバの腕を見た。

昨晩、シルバはカナリーに血を与えるため、自らの腕をナイフで斬りつけた。

だが、回復薬《ポーション》を掛けた腕には、わずかな傷痕が残るばかりだ。

それも、しばらくしたら消えるだろう。

「大丈夫だろう。特に後遺症もない」

「よ、良かったです……出血とか、あまり心臓によくありませんから」

……お前、心臓あるのか？

どうしよう、突っ込むべきだろうかと迷っている間に、ネリーが食事を持ってきたので、シルバはしばらくそちらに集中することになった。

出てきたのは、ステーキである。

パンや付け合わせの野菜もあるが、香ばしい匂いと熱気に包まれた肉の主張がすごい。

「血を流されましたので、ここはやはりこれかと」

「……起きてすぐこれは、ちょっと重くないか？」

「一口食べていただければ、その認識も変わるかと思います」

にこやかだが、自信ありげなネリーだった。

半信半疑ながらも、シルバはステーキにナイフを入れてみると、ほとんど何の抵抗もなく刃が下のプレートまで通過した。

マジか。

軽く驚きながらも、シルバは肉を一切れ口に入れてみた。

直後、目を見開いた。

「うまっ⁉　何だこれ⁉」

そこからは手が止まらなくなった。

次々と運ばれてくる肉とパンと野菜と水。

ワインも勧められたのでこれも飲んでみると、グラスを一気に傾けてしまう。

気がついたら、ステーキの皿は三枚重なっていた。

「食べたー」

さすがに満腹になり、シルバは背もたれに身体を預けた。

しばらくすると、キキョウとヒイロも起きてきて、食事となった。

キキョウはステーキ皿二枚だったが、ヒイロに出てきたのはステーキというより巨大な肉の塊であった……。

最後に現れたのが、カナリーだった。

「さー……全員揃ったようだねぇ……」

「メッチャ寝起きか！」

寝ぼけ眼《まなこ》のカナリーに、思わずシルバは突っ込んだ。

「いやいやいや、俺達が寝る前、メチャクチャ元気だったよな⁉」

「シルバ様の血を飲んだおかげでですね」

いつもの笑顔を浮かべて言うネリーに、シルバは頬を引きつらせた。

「……ネリーさん、そこを深く追求するのは、何かヤバそうだから今はやめようか」

「かしこまりました」

「で、何なのこのポンコツっぽいの……って立ったまま寝るんじゃない！」

「くー……」

カナリーは扉にもたれかかり、寝息を立てていた。

「カナリー様は、日中は大体こんな具合です。まあ、もうそろそろ、ちゃんと目が覚めるはずですが」

「……この村の正体を俺が調べてた時って、どうやってこの村まで来れたんだコイツ？」

「馬車と棺桶と、彼女達ですね」

カナリーの身体を、影から現れた赤と青のドレスの美女が支えていた。

ヴァーミィとセルシアである。

「あの二人、護衛というより世話係じゃないのか？」

「今のカナリー様には、そういう立ち位置で正解ですね。それではカナリー様が調子を取り戻されましたら、捕らえた賊の下へご案内致します」


山賊や魔術師が捕らえられている牢は、村の外に造られたワインの醸造所の地下にあった。

日は傾き、歩いているうちに、カナリーも調子を取り戻しつつあるようだった。

山賊は後回しにし、シルバは魔術師と会うことにした。

「とはいっても、簡単に尋問はしておきました」

ネリーがファイルを手に、それを読み上げた。

「名前は明かしませんでしたが、着ているローブはアーミゼストで購入したモノと分かりましたので、向こうにいる手の者に調べさせました。あちらでも表向きは、植物の魔術を研究していたようです。ただ、三十日ほど前から、姿を見なくなっていたということも判明しています。このことから考えて、その頃から山賊どもと行動を共にしていたと推測できます」

「魔術師が名前を明かさないっていうのは、珍しいことじゃないね。表向きというのは、どういうことだ？」

石造りの階段を下りながら、カナリーが尋ねた。

「それと、魔術師の家を調べてみたところ、隠蔽《いんぺい》していたようですが不死の研究の痕跡がありました」

「なるほど、それであの不気味な蔓の身体や巨大な吸血タックルラビットか」

「はい。『牧場』を狙ったのも、狙いは村人ではなく、ホルスティン家の書物でしょう」

「はい、質問。カナリー先生」

突然、ヒイロが挙手した。

「何かな、ヒイロ？　あと誰が先生か」

「不死の研究って、悪いの？」

先生の部分のツッコミを、ヒイロはスルーした。

「それ自体に善悪はない。ただ、不死の研究を行うということは生命を扱うということだ。その過程で、多くの犠牲が出ることが多いんだよ。実験動物に不死の術を掛けたとして、それが成功したかどうか確かめるには、殺してみるのが一番だろう？　研究者すべてがそうという訳ではないだろうが、大体は隠すし、後ろ暗いことをしていることがほとんどだ」

「うへぇ……」

「死霊術師《ネクロマンサー》と呼ばれる存在が、忌《い》み嫌われるのは、そういう面があるからだね。死霊術師《ネクロマンサー》の場合、他にも墓を暴いたりするからってのもあるけど」

「問題は」

ネリーはファイルを閉じた。

「どこで『牧場』の情報を入手したのか、です。私どもでは口を割らなかったので、カナリー様……」

「まあ、今の僕なら大丈夫だろうね」

「……そこで、何で俺を見るんだよ」

チラッと振り返ってきたカナリーに、シルバは渋い顔をした。

「言った方がいいかい？」

「むむっ⁉」

ピンと、シルバの隣にいたキキョウの尻尾が逆立った。

シルバとカナリーを、交互に見る。

「な、何やら通じ合っている様子……一体何があったというのだ……⁉」

キキョウの焦りを表わすように、その尻尾もソワソワと揺れ始めていた。

そういえば、蔓の壁に阻まれて、キキョウ達はシルバがカナリーに血を飲ませたことを知らなかったっけ。

そんなことをシルバは考えた。

「ま、とにかく、どれだけ口が固かろうが、今の僕にはあまり意味はないよ」

ふ、とカナリーは短く笑うのだった。


当然だが、牢に入れられ縄で縛られた魔術師は、カナリーを警戒した。

「ち、ちち、近付くな……吸血鬼」

「おやおや、君、せっかくお望みの『牧場』に来られたっていうのに、あまり嬉しそうじゃないじゃないか。どうしたんだい？」

カナリーは魔術師を見下ろし、微笑んだ。

「ふざ……けるな。こんな、牢獄……オレの望んでいた場所ではない」

魔術師の長い前髪は、顔のほとんどを覆い尽くしていた。

「そうかい。まあここは郊外だ。そういう意味では、本当の『牧場』まで、まだあとちょっとあるね。見せてあげようか？」

「い、いらない……オレは自分の力で、こ、ここを脱出してみせる」

「できるといいね。魔術は封じられてるけど」

「ぐ……」

魔術師は悔しげに下唇を噛んだ。

「まあ僕の力を借りるかどうかを別にすれば、『牧場』に入ってみたいってことは否定しないんだろう？」

「それは……そうだ」

答えても損はないと判断したのか、魔術師はあっさり肯定した。

「何で『牧場』を狙ったのかとかはいいんだ。でも、よく『牧場』のことを知っていたね。あれは僕達同族や、聖職者以外、ほとんど伝わっていないはずなのに」

「そ、そうだ……オレは、お前達の知らないことだっていっぱい知っているんだ……」

そう答える魔術師の瞳から、徐々に光が失われていく。表情もうつろになっていき、声の張りがなくなっていくが……魔術師本人は全く気付いていないようだ。

けれど、言葉は止まることなく吐き出されていく。

「それは大したモノだ。『牧場』のことも独力で調べたんだろう。大変だっただろう？」

「……チッ。ちがう……あれは、俺の優れた知識ではない……人から聞いたに過ぎない……」

そうかい、と笑うカナリーの瞳が、一際紅く輝いていた。

少し離れたところで、シルバはネリーに小声で尋ねた。

「……あれって吸血鬼の『魅了《チャーム》』か？」

「左様でございます」

ネリーは、笑顔で頷いた。

魔術師への尋問

THERE IS SOMETHING STRANGE ABOUT OUR MEMBERS.

カナリーの『魅了《チャーム》』が完全に掛かったのか、魔術師は饒舌《じょうぜつ》になってきた。

「か、買い出しが終わって……久しぶりに酒場で飲んでたら……と、とな、隣の若いのが言った……腹立つぐらいの美形……。この山の……どこかに吸血鬼の隠れ里が……あ、ある、と。探し出して……くれたら報酬として、自分の持っている、魔導書の写しをやるって……。さ、最初は一人で探していたが……ちょうど山賊がいたから、そいつらを手駒にした……。根城と食べ物を、そいつらに用意させて……オ、オレは捜索に専念、してた……」

「……まだ、探し始めて日が短かったから、見つかってなかったって考えるべきだろうな。植物が相手じゃ、幻術も効きづらいだろ」

「確かに、そうですね」

後ろで話を聞いていたシルバの分析に、ネリーも頷いた。

「村の情報を与えた、若いのってのは……僕に似てたんじゃないかい？」

カナリーの問いに、魔術師は首を振った。

「い、いや、顔は全然……髪は銀色だったし、背は高くて……」

「輪郭も、もっとカチッとしてて」

「そ、そうだ……眼鏡、銀縁の……それに、笑ってたのに笑ってなかった……」

魔術師が顔を上げ、カナリーの紅い目が合った。

「目が？」

「そう、目が……」


シルバの隣で、ネリーが胸ポケットから小さな紙の束を取り出した。

「ちょっと失礼」

そしてすごい勢いで筆を走らせ始めた。

「ネリーさん？」

すぐにネリーは筆を止め、紙を一枚破るとカナリーに差し出した。

「カナリー様、これを」

「ああ、ありがとう」

紙に人相書きが描かれているのが、シルバにも一瞬見えた。


カナリーは、人相書きを魔術師に見せた。

どこかカナリーに似ている、銀縁眼鏡を掛けた、貴族風の青年だ。

知性を感じるが、どこか冷たい印象があった。

「そ、そう、そいつだ……そいつが、オレに教えた……」

魔術師は震える指で、人相書きを指差した。

「やっぱりか。……コイツは、クロス・フェリーっていう、半吸血鬼《ダンピール》なんだけどね」

シルバは、その名前に小さく反応した。

「ん？　どこかで聞いたような……何か因縁があるのか？」

「腹違いの兄弟だよ。向こうは人間の女性との混血でホルスティン家の継承権がない」

カナリーは振り返らないまま、答えた。

「しかも、実家の魔導書を何冊か勝手に持ち出して、失踪した。当然『牧場』で採れる血液を受け取れるはずがないし、血が飲みたければ誰かと契約するか、人を襲うしかない。実際、被害も出ている」

「それは……」

アーミゼストで女性の失踪が相次いでいて、カナリー達吸血鬼はそれを追っている。

カナリーはこの村も守る必要があるので、今こちらに来ているが、配下の者達は今も向こうで調査を続けているはずだ。

「シルバが聞いたことがあるっていうのは、おそらく教会からだよ。協定で、ホルスティン家は人を襲わないって誓約書にサインをしている。……破門したけど、それでもクロス・フェリーは元身内だ。教会に黙っていると、どんな詮索をされるか分からないからね。見かけたら連絡するようにって通達は、ちゃんと届いているようで何よりだ」

「名前を聞いても、すぐに思い出せないレベルだけどな」

　カナリーが振り返ると、シルバは不覚を取ったという顔をしていた。

「専門の祓魔官でもなきゃ、そりゃしょうがないと思ってるよ。……用心深い男だし、この村の一件、自分で動けば僕が感づくと踏んだんじゃないかな」

　カナリーは魔術師に視線を戻す。

　この魔術師の興味は、酒場で話しかけてきた男、クロス・フェリーの持つ魔導書の写しと、村に保管しているホルスティン家の秘奥だ。

　村人にはさほど興味はない。

　魔術師が『牧場』を見つければ、クロス・フェリーはこの村の処女・童貞の血を飲み放題になる。

　同時に、自分を追い出したホルスティン家に対して、大きな痛手を与えることもできるのだ。

　そう、クロス・フェリーは自分を追放したホルスティン家に、恨みを抱いている。

「ありがとう。協力に感謝するよ。そろそろ疲れただろう？　ゆっくりおやすみ」

　カナリーは瞳に力を込め、魔術師に眠るよう勧めた。

「お、おお……おやすみ……」

　ガクリ、と魔術師は首を落とし、寝息を立て始めた。

　牢を出ると、ネリーが鍵を掛ける。

　カナリーはシルバとの会話に戻った。

「そのフェリーってのが用心深いっていうなら、アーミゼストで女性をさらったりしないんじゃないか？　タイミングからして、どう考えてもそいつの仕業なんだろう？　その魔術師が動きやすいように自分が陽動になってはいるけど、何かもうちょっと賢いやり方があるんじゃないか？」

「僕らには捕らえられないっていう自信があったのか、それとも……」

カナリーは考え込む。

シルバの言う通りだった。

悪事を行う場合の最良とは、悪事が気付かれないことである。

ただ、カナリーの記憶にある限り、クロス・フェリーという青年は、自己顕示欲も相当に強い。

「ここに私はいる、と主張してもいるのかもな」

用心深さと自己顕示欲は相反しているようだが、同時に内包していてもおかしくはない。

どちらも、あるのだ。

「あ、あの……」

怖ず怖ずと、タイランが声を上げた。

「タイラン?」

「協力者がいた……っていうのは、どうでしょうか? 一人だと色々難しいかも知れませんけど、仲間がいたなら……その、色々できるんじゃ……」

タイランの意見には検討してみる価値はあった。

「辺境とはいえ、アーミゼストは都市だ。人は多い。隠れる場所には事欠かない。加えて協力者がいるなら、囮《おとり》になってホルスティン家の者達も引き付けられる……」

パン、と軽くシルバが手を叩いた。

「話をまとめよう。カナリーの義理の兄弟が、アーミゼストに潜んでいるようだ。『牧場』を狙っていた。女性の失踪被害が出ているのも、そいつである可能性が高い。協力者がいるかもしれない。

こんなトコか」

「……まとめてみると、得られた情報は結構あるな」

これはアーミゼストの配下達にも、早急に知らせなければならない。

カナリーがネリーに目配せすると、心得ていますと頷いてきた。

「お家騒動に関してはさておいて、これでひとまず山賊の件は片付いたか」

シルバが言う。

ならば、シルバのパーティーの残る仕事は、ウルトという行商人をアーミゼストに送り返すことだ。

「ああ、今更言う必要もないだろうけど……」

「この『牧場』については他言無用」

カナリーに言いたいことを、シルバは先回りした。

「いいね」

「行商人のウルト氏の口はどうする？　この村のことがバレるかもしれないぞ？」

「最初の予定では、催眠暗示で忘れさせようかと思ったんだが……」

「だが？」

「施療院で彼の世話をしていた娘の一人が、好意を持っているらしいんだ。ウルト氏次第だが、誓約書の方向でいくことになるかもしれない」

醸造所の地下に、沈黙が下りた。

ちなみにウルトは三十前後のふくよかな体格の男である。

「……ウルト氏は、家族から捜索依頼が出ていたのであるぞ？」

「僕はその娘から、独身だと言っていたと聞いているよ？」

「じゃあ、あの行商人さん、嘘ついたのかなぁ」

「そ、それはちょっと、よろしくないのでは……？　善良そうに見えましたけど……」

キキョウ達が騒ぎ出した。

「ちょっと待った。みんな、落ち着いて」

シルバが言うと、全員沈黙した。

「家族と言っても妻子とは限らないだろ。親ならおかしくない」

シルバの発言に、キキョウ達は「あ」と口を開いた。

その考えは何故かなかったらしい。

「ま、まあ、その辺は僕の方でちゃんと確かめておくよ。とにかく、彼がこの村のことを口外しないように手は打っておく。本当は今日発ってもらうはずだったけど、これはもう明日だね」

「では、誓約書の方も用意しておきましょう」

「頼んだ、ネリー」

そういうことになった。

「それと、ウチの家からも、個人的に報酬は出させてもらうよ。山賊達と魔術師をそっちで冒険者ギルド送りにすると、そっち方面から村のことがバレてしまうからね。引き取らせてもらう」

「そういうことなら、遠慮なくもらっとこう。連中を連れて、アーミゼストまで戻るのも、大変だしな」

「そうしてくれたまえ。もっとも、あまり意味はないと思うけどね」

「どういう意味だ?」

「どういう意味だろうね」

分からないという風なシルバに、カナリーは無言で微笑んだ。

0 カナリーの参入

THERE IS SOMETHING STRANGE ABOUT OUR MEMBERS.

諸々の雑事を片付け、数日後。

ようやく落ち着いたシルバのパーティーの面々は、冒険者ギルドに併設された酒場に集まった。

シルバ、キキョウ、ヒイロ、タイラン、そして同じテーブルにカナリー・ホルスティンもいた。

「どういうことであろうか、カナリー・ホルスティン?」

キキョウは目を細め、カナリーを見た。

その視線を意に介した様子もなく、カナリーはトマトジュースを傾けていた。

後ろには、ジュースの瓶を持つ赤いドレスの美女ヴァーミィと、青いドレスの美女セルシアが控えている。

なお、シルバは静観し、ヒイロはとりあえず肉を食べ、タイランはオロオロしていた。

「君にもファーストネームを呼ぶことは許可しているよ、キキョウ」

「何故に、しれっと一緒のテーブルについているのか、聞いているのだが?」

「うん、そうだな……シルバの血を飲んだことで、どうやら『縁』ができてしまったようだ」

カナリーはシルバを見た。

「『縁』? どういうことであるか?」

「契約の一種だね。離れると、どうにも『乾く』」

トン、と己の喉を軽く、カナリーは突いた。

なるほどっ、とヒイロは顔を上げた。

「ああ、先輩の血じゃないと、満足できない身体になっちゃったんだね」

「ヒ、ヒイロ……そ、それは何だか、言い方が卑猥というか……」

「『ひわい』って？」

「……いえ、いいんです。深く追求しないでください」

あわあわとヒイロを止めようとしたタイランだったが、そのまま席に座り直した。

「まあ、ヒイロの指摘で大体合ってるよ。もちろん『牧場』の血液でも我慢はできるけど、それはつまり我慢しなきゃいけないってことだ」

「むむ……」

肩を竦めるカナリーに、キキョウは唸り声を上げる。

「それもあるけど、何より村を助けてもらった恩もあるしね」

「恩なら報酬をもらってるぞ？」

ようやく、シルバは二人のやり取りに口を挟めた。

「おや、冷たい。だがこのパーティー、魔術師がいないようじゃないか。僕が入ってもいいかい？」

「入ってくれるなら、そりゃ俺としては大歓迎だが……昼はポンコツって話じゃないか」

ちなみに今は、朝と昼の間ぐらいの時間である。

吸血鬼は、かなり弱るはずだ。

「ポンコツじゃ駄目かい？」

「そうじゃなくて、あまりそんな風に見えないんだけど、どうなってるんだ？」

「これさ」

カナリーは襟元《えりもと》からペンダントを取り出した。

シルバは、ペンダントの飾りの石に心当たりがあった。

「月光石か？」

「そう。魔力を消費することで、夜と同じ力を引き出せる。まあ、満月の絶頂期まではいかないけど、普通の魔術は使えるよ。得意な魔術は雷系。飛行や霧化といった種族特性は、月光石《これ》があっても、さすがに昼間はちょっと厳しいかな。これはおまけの特技だけど、例えばダンジョンの中でも日の出と日の入りが分かる。あと、人形族の護衛が二人」

カナリーの言葉に応え、ヴァーミィとセルシアが頭を下げた。

「加えて錬金術も嗜《たしな》んでいるから、回復薬《ポーション》や解毒薬を作れるよ？」

少し得意げなカナリーに、シルバはキキョウと顔を見合わせた。

「むぅ……色々と複雑ではあるが、戦力として申し分ないのは認めざるを得ぬぞ」

「回復薬《ポーション》は大きいよなあ……」

シルバは、ヒイロとタイランを見た。

「問題なーし。いらっしゃいませー」

「ヒ、ヒイロ……お店じゃないんですから……あ、でも錬金術のお話ができる人が入ってくれるのは、嬉しいです」

　反対意見はないようだ。

　これはもう、ほぼ決まりと見ていいだろう。

「うん、特にタイランとは話が合いそうだね。そうそうシルバ、時々でいいから血を分けてもらえるとありがたいな」

「しょっちゅうじゃ困るけど、時々ってことなら俺は別に構わない。あとは、家の問題だな……」

　坑道の戦いの前に、ネリー・ハイランドとは少し話したが、それはカナリーは知らないことだ。

　一応確認しておく必要があった。

「ホルスティン家の跡取りだろ？　冒険者になるのは、問題ないのか？」

「基本的には、ネリーに任せているんだ。よっぽどの重要なことでもなければ、大体彼が捌けるさ。そして大きな問題が発生した時、個人的に信用のおける戦力がいてくれると、大変助かる」

「その時は別途報酬……って、なるほど。パーティーの資金になるから、ある意味安上がりでもあるな」

　山賊を退治した報酬は、ホルスティン家から受け取った。

　あの時、カナリーはあまり意味がないと言っていたが、その理由をシルバは理解した。

　このパーティーにカナリーが参加すれば、パーティーとして使用する分の資金は全員の共用、すなわちカナリーの分とも取れるのだ。

「……ううむ、抜け目のない」

「じゃあ、そういうことでカナリー、ウチのパーティーにようこそ。実はまだ、名前がないんだけど」

シルバと手を握りながら、カナリーは戸惑った顔をした。

「え？　君達、それなりの日数組んでるんだよね？」

「なかなかしっくり来る名前が思いつかなくてな」

「今は、冒険者ギルドの方で『アンノウン《名無し》』扱いである」

困ったことにそれで成立してしまっているので、今までその仮名で依頼をこなしていたのだ。

「それは……なるべく早急に、決めた方がいいんじゃないかな？」

「俺もそうは思うんだけどなぁ。カナリー、何かいい案ないか？」

「入ったばかりの僕にパーティーの名付け親は、ちょっと荷が重くないかな⁉」

「では、これに関してはまた、別の機会に詰めるということでよいか？」

キキョウの問いに、全員が異議なしと答えた。

「じゃあ、残る問題は、一つだな」

シルバは真面目な顔で、カナリーを見た。

「ん？　何かあったかい？」

「数日、いや数時間後には分かる。……ヒイロ、タイラン。二人は、午後は訓練に行ってくれ」

「え、いいけど、先輩は？」

食事を終え、水を飲んでたヒイロが目を瞬かせた。

シルバは深いため息をついた。

「……とっても気が進まないが、一応責任者としてこの場に残る」

「お疲れ様です、シルバさん。ご武運を祈ります……さ、ヒイロ、行きましょう」

シルバの表情の意味を察したタイランは、ヒイロの両脇を抱えて椅子から下ろし、そのまま酒場を出て行こうとする。

その脇を、何人かの女性冒険者が通り抜けていく。

「え、あれ？　何でそんな悲痛な雰囲気出してんの、タイラン？　何が起こるの？」

「いいんです……ここから先、私達にできることは、何もありませんから」

女性冒険者達が、シルバ達の席のすぐ近くに座り、彼らに熱い視線を向けているのを見送りながら、タイランはその場をあとにした。


シルバが、冒険者ギルドで新たなメンバー、すなわちカナリーの登録をして、数十分後。

冒険者ギルドに併設された酒場、シルバ達のテーブルの周囲は冒険者で埋まり、さらに外にまで溢れていた。

全員、女性の冒険者である。

「ねえ、聞いた？　キキョウ様の所属しているパーティーのこと」

「カナリー様のこと？　もちろんよ。素晴らしいことだわ！　……まだ、募集はしているのかしら。確か盗賊職が足りてないのよね。……あーあ、どうして私、戦士職なのかしら」

「か、狩人ならワンチャンスありかな？」

「まずは、募集しているか聞いてみないと。話はそこからよ。よければアタシが聞いて……」

「ちょっと待って！　抜け駆けはなしって不可侵協定があったはずよ」

「貴方、カナリー様の派閥《ファンクラブ》よね？　アタシはキキョウ様の派閥《ファンクラブ》で」

「キキョウ様派閥《ファンクラブ》でも協定はあるはずでしょ」

「ぐっ……じゃ、じゃあまずは誰が聞きに行くかの話し合い？　ああもう、アタシら冒険者なんだから、そんなまだるっこしいのより、実力で白黒付けましょうよ。訓練場に行くわよ！」

「上等よ！　叩き潰してやるわ！」

「ところで、あの神官は何なの？　あんなにキキョウ様と顔を寄せ合って」

「アレは、カナリー様の入ったっていうパーティーのリーダーらしいわよ」

「あら、リーダーはキキョウ様って聞いたわよ？」

そう言って、何人かの女冒険者は出ていったが……酒場が満席なのに、変化がない。

下手につつくわけにはいかない、異様な空気の均衡があった。

何しろ辺境都市アーミゼストでも、キキョウ・ナツメとカナリー・ホルスティンという屈指の美形二人が揃っているのだ。

出ていった女冒険者達のやり取りなんて聞いていなかった子も多く、またあちこちで誰が声を掛けるのかと興奮と緊張の入り交じった牽制《けんせい》が始まっていた。

「……なあ、これ、下手に盗賊職募集を掛けたら、暴動が起こるんじゃないか？」

「ぬう、厄介な……」

「僕は悪くないと思うけど、それでも一応謝っとくよ。ごめん。我ながら誠意の欠片《かけら》もないな！」

シルバ達三人は顔を寄せ合い、同時にため息をついた。

「自覚があるならいいけど、本当にこりゃ、どうしたものかねぇ……」

……そんなシルバの呟きは、周囲の喧噪《けんそう》に掻き消されるのだった。

閑話 その頃の『プラチナ・クロス』

大陸の辺境にある巨大遺跡・墜落殿《フォーリウム》。

古代建築物の通路は幅十五メルト程、その真新しさはおそらく魔法による効果なのだろう、とても大昔のモノとは思えない。

壁自体が明るさを放っており、視界も悪くない。

だが、それでもここは危険な迷宮だ。

通路の奥には数多《あまた》の魔物が潜み、かつては警備装置だったのだろう様々な罠が待ち構えている。

その第三層で、アーミゼストでも上位と言われているパーティー『プラチナ・クロス』は、探索途中に遭遇したモンスターの一群と戦闘を開始していた。

二本の角と鉄のように硬質の毛を持った巨大な雄牛、アイアンオックスが高らかな雄叫びを上げる。

後ろ足を力強く踏み込み、一気に突進してくる。

その速さと勢いは正に黒い弾丸。

リーダーである聖騎士、イスハータと二人がかりで、黒尽めの騎兵デーモンナイトを相手取っていた戦士ロッシェはそちらに気付き、とっさに大盾でガードを取った。

直後、盾から強烈な衝撃が伝わり、ロッシェの屈強な肉体が半メルトほど後退する。

「かは……っ！」

たまらず息を吐き出すが、それでも何とか耐え抜いた。

押し切れなかったのが不満なのか、アイアンオックスは再び、凶暴な咆哮《ほうこう》を上げながら、地面を蹴り始める。

「バイス、ロッシェがやばい！　回復を頼む！」

「は、はい！　『回復《ヒルタン》』！」

金髪の盗賊、テーストの声に、既に印を切っていた針金のように細い体躯の青年司祭、バイス・シャンソンは、ロッシェに『回復《ヒルタン》』の祝福を与えた。

「こっちもだ！」

デーモンナイトの魔力を帯びた大剣を受け流しつつ、イスハータもバイスに叫んだ。

「ちょっ……だ、だったらもう少し距離を……」

イスハータが後退し、ロッシェと詰めていてくれたら、複数人同時に回復できる『回群《ヒルグン》』が使えたのに……！

バイスは悔やむが、今更だ。

とにかく、もう一度神に祈るしかない。

だが、事態はバイスの都合に構わず、悪い方へと動き続ける。

「やばい、バイス！　敵に前衛を抜かれた！　防御の祝福急げ！」

テーストの絶叫に、バイスは嫌な予感がした。

この迷宮に入って、もう何度目になるだろう。

今回も、そうだった。

案の定、弱っていたアイアンオックスを相手にしていた商人の少女ノワは、倒した敵の口から吐き出された宝石の回収に急いでいた。

アイアンオックスは鉱物が好きで、倒すとこうした宝石を吐き出す奴が時折いるのだ。

そちらに気を取られていたせいで、デーモンナイトと再び突進してきたアイアンオックス、合わせて二体を相手にする羽目になったロッシェが派手に吹き飛ばされ、獰猛《どうもう》な雄牛はこちらに首を向けつつあった。

「な……っ⁉　ノワさん、何やってるんですか⁉　戦利品の回収なんて後にしてください！」

その声にようやく気がついたノワは、ツインテールを揺らしながら愛らしい顔を上げてこちらを見た。

それから小首を傾げて少し迷い、ようやくイスハータとデーモンナイトの戦いに加勢する。

今なら、こちらに意識を向けているアイアンオックスを、後ろから襲えたでしょうに……！

いや、それでなくてもせめて、前衛に意識を向けさせてもらえれば……！

バイスは思ったが、術の展開を急いでいる今、声に出す余裕もない。

互いの意思を疎通《そつう》し合えるという祝福、『透心《シンツ》』でも習得していれば話は別だが、あれは習得するための瞑想時間が掛かりすぎるので、聖職者の中でもほとんど習う者などいない。

そして今は、ない物ねだりをしている場合ではないのだ。

「バイス君！」

アイアンオックスの次の狙いは、どうやら学者風の眼鏡魔術師、バサンズにあるようだった。

彼がやられると、後方のメイン火力である風の魔法が使えなくなってしまう。

「くぅっ……術が間に合わない！」

とっさに、バイスはバサンズの前に出た。

重い大盾を地面に突き立て、防御態勢を取る。

ズンッ……と重い衝撃を食らうが、すぐ後ろにいたバサンズも両手で背中を支えてくれたので、かろうじて持ちこたえることができた。

しかし、これで回復の祝福は破棄《キャンセル》だ。もう一度、唱え直さなければならない。

「きゃーっ⁉」

その時、甲高い悲鳴が聞こえた。

バイスが大盾で防いだことで一旦距離を取ったアイアンオックスが、ノワを横から弾き飛ばしたのだ。

デーモンナイトに集中しすぎで、誰もアイアンオックスを相手取らなかったせいだ。

「ノワちゃん⁉」

それに反応したのが、盗賊のテーストだった。

「テーストさん、何やってるんですか！」

たまらず、バイスは叫んだが手遅れだった。

そっちじゃない。

集中すべきは、モンスターであるアイアンオックスの方なのだ。

「え……」

ノワを弾き飛ばしたアイアンオックスが首を傾け、短くダッシュした。

鋭い角が、テーストの脇腹を貫く。

「が……っ⁉」

血反吐《ちへど》を吐きながら、テーストが壁に叩き付けられた。

幸いまだ息はあるのか、倒れ伏したテーストの身体は痙攣を繰り返す。

しかしこのままだと、長くはないだろう。

フロアにも、徐々に血の池が広がり始めていた。

血の臭いと敵を仕留めた手応えに、雄牛は甲高い咆哮をあげた。

ようやく戦線復帰したロッシェがアイアンオックスに立ち向かうが、捻挫でもしたのか足を引いていた。

「やばい、テーストがやられた！」

「バイスくーん、回復してー」

「バイス、勝手に動くな！　仕事に専念しろ！」

「バイス君、テーストさんが――‼」

一瞬、呆然と立ち尽くしたバイスだったが、すぐに我を取り戻した。

まずは、テーストの回復が最優先だ。

しかし、聖句を唱えている間も、他のメンバーからの文句は止まらない。

「くそっ……！　何なんだこれ！　何だ、このパーティー！　本当にこれで白銀級かよ！」

毒づきながら、今手を抜けば今度は自分が死ぬ。

バイスはひたすら、自分の仕事をこなすしかなかった。


『プラチナ・クロス』の面々が地上に出られたのは、それから六時間後のことだった。

日が昇り空が青み始めたばかりで、心地よい涼風が汗と血にまみれたパーティーを和《なご》ませる。

「し、死ぬかと思いました……」

眼鏡にひびの入ったバサンズが石畳にへたり込み、胴体に包帯を巻いたテーストも重い吐息を漏らした。

「……まったくだ。マジに、お花畑が見えたぜ……」

「今日はここらが潮時だな」

ボソリとロッシェが呟き、リーダーであるイスハータも同意する。

「ああ。荷物を整えたら、街に戻ろう。すまなかったな、バイス」

ポン、と彼が肩を叩いたが、バイスは浮かない表情のままだった。

「いえ……」

そこに、空気を読まない明るい声が響いた。

「もー、しっかりしてくれなきゃ、バイス君」

ぷんすか、と頬を膨らませていたのは、一人元気なノワだった。

怒っている顔もまた可愛らしいが、状況が状況だ。

「ちょ、ちょっと、ノワちゃん……て、あいたたた」

さすがに、テーストがたしなめる。

頑張って動いたせいで、脇腹が痛みをぶり返し、その場に突っ伏しそうになる。

せっかく制止しようとした彼に構わず、ノワは聖職者に対し先輩として説教を続ける。

「駄目だよ、こういう時はビシッと言わなきゃ。危うくテースト君、死んじゃうところだったんだよ？　バイス君は回復の要なんだから、ちゃんとみんなを守ってあげなきゃ」

「そうですね……」

バイスは、ノワの言葉に無表情に応じていた。

しかし、彼女はバイスの様子など気にも留めなかった。

「前線はすごく大変なんだし、比較的安全な場所にいるバイス君が後ろの心配をしないと」

「ちょ、ちょっとノワ……それ以上は……」

テーストに代わってイスハータが、何とか穏便《おんびん》に済ませようと、ノワを止めようと試みる。

だが、遅かった。

「ね？　もっと頑張ろ、バイス君。これぐらい、前のメンバーなら普通にやれてたよ？　バイス君にもできるできる♪」

テーストが、天を仰《あお》いだ。

バイスは無言で、バトルメイスを石畳に叩き付けた。

このパーティーに入った時、その契約の一部としてもらったモノだ。

重い一撃に、遺跡の床に大きな亀裂が生じる。

「きゃっ⁉」

弾き飛ばされた石片に、ノワはたまらず顔を覆った。

「だったら……」

無表情な顔を上げ、バイスはメイスを放り投げた。

「……だったら、その、前のメンバーを呼び戻せばいいじゃないですか。その人が、どれだけできた後方支援だったか知りませんけど、僕には無理です。ええ、こんな仕事、とてもやってられません」

今回の探索で得た成果をリュックの中から取り出し、床にぶちまける。

自分の分だけになった荷物を背負い、バイスは街に向かって歩き始めた。

「お、おい、バイス……」

その背に向かって、イスハータが声を掛けてみた。

「一人で帰れますから、お気になさらず！」

バイスの姿が小さくなっていくのを眺めながら、力なくロッシェが呟いた。

「……これで、三人目か」

「だな」

テーストが同意し、イスハータは青い空を見上げた。

「また、新しい回復役を、探さないとなぁ……」

「毎回新しい人、入れるのって、大変なんですよね、連携とか……まあ、それ以前に、ウチのパーティーの悪い評判が広まってきてるみたいで、入ってくれる人がいるかどうか……」

バサンズも、疲れたような声を漏らす。

「ったくもー、うまく仕事ができなかったからって逆ギレなんて、どうかと思う！　プロ意識がなさ過ぎるよ！」

腰に両手を挙げて怒りをぶちまけているのは、ノワ一人だけだった。

「そう思うよね、みんな！」

同意を求めて振り返る。

「あ、ああ……」

駄目だコイツ、早くどうにかしないと……。

四人の視線が交錯し、その心の中は見事に一致していた。

特別短編

SPECIAL SHORT STORY

戦場助祭と『六つ言葉』

THERE IS
SOMETHING STRANGE
ABOUT OUR
MEMBERS.

戦場助祭と『六つ言葉』

「――『発光《ライタン》』」

薄闇の中、ゴドー聖教の戦場助祭シルバ・ロックールは灯りの祝福を唱えた。

十代半ばぐらいの少年である。

洞窟の壁がほのかに光り、周囲の様子が分かる。

幅は大人が何とかすれ違える程度だろうか、高さもそれなりにあるが、跳躍すれば余裕で手が届きそうだ。

洞窟は一直線に奥の闇へと続いている。

振り返ると、一見行き止まりだが、高い位置から外の光がこぼれている。

シルバが潜り込んできた穴だ。

少し騒々しいのは、工作部隊がこの行き止まり――土砂崩れで埋まった洞窟の入り口を掘り起こしている最中だからだ。

シルバは、先に穴から落としていたリュックを拾って、背負った。

粗末な服を着た人が何人か、倒れている。

逃げ損ねた人々だろう。

工作部隊の隊長から聞いた話では、この地方にある土着宗教の信徒達だ。

屈んで脈を調べてみると、どうやら息はあるようだ。

「――『回群《ヒルグン》』」

シルバは、最近習得したばかりの範囲回復の祝福を唱えた。

起きる気配はないが、助けが来るまでの間ぐらいは保ってくれるだろう。

ついでに、表の作業に巻き込まれないように、少し奥へと引っ張っておいた。

シルバは地面に落ちている石を拾うと、それにも『発光《ライタン》』を施し、手に持って奥へと進んでいく。

しばらく歩くと、少しだけ広い空間に出た。

やはり、何人か粗末な服を着た、村人が倒れ伏している。

呼吸の気配はあるので、死者はいないようだ。

何度か頬を叩いてみたが、起きる気配はなかった。

「おおい……」

呼びかけようとしたら、天井からパラパラと石の粒が落ちてきた。

大きな声は厳禁のようだ。

……ならば、無理に起こすこともないだろう、とシルバは諦めた。

空間の中央には、何やら彫り物のされた太い柱が立っていた。

そして、それにもたれかかるように、十歳ぐらいの少年が足を投げ出す形で座り込んでいた。

ボサボサの長い黒髪な上、俯《うつむ》いているので、顔は見えない。衣服は村人達と違い、白い法衣だ。

荒い麻製だし、薄汚れているが、それでも他の信徒達とは違うと分かる。

先ほどと同じく、『回群《ヒルグン》』を唱えた。

……反応があったのは、柱にもたれかかった少年だけだった。

シルバは少年の前に、しゃがみ込んだ。

「えっと、生きてるか？」

「……誰？」

少年が顔を上げる。顔立ちはそれなりに整っているが、疲れているのか元からなのか、眠そうな目をしている。

シルバは胸元から聖印を取り出した。

「ゴドー聖教の助祭で、シルバ・ロックール。今は戦地慰問の仕事をしてる」

「戦地慰問？」

その少年は、何とも言えない表情をした。

「いや、うん、分かってるんだ。これ絶対違うよなあってのは。説明すると慰問に訪れた軍の工作部隊が、まだ土砂の撤去作業をしてるんだよ。あっちの入り口が崩れてるのは、土砂崩れの影響だろ？　それで、比較的小柄な俺が、先行して中の様子を探りに来たって訳」

「……教会の仕事じゃないだろ、それ」

「うん、俺もそう思う。それより、早く脱出した方がいい。ここも、崩落の危険がある」

シルバが天井を見上げると、ミシミシと嫌な音が響いていた。

けれど、その少年は首を振った。

「俺は……動けないから。それより、信徒の連中を逃がして欲しい」

「いや、そりゃ倒れてる信徒も助けるけど、君も助かるべきだろ。……ん、信徒の連中？　もしかして、君がここのトップだったりするのか？」

「司祭は、そこで倒れてるおっさん。俺は、神子《みこ》って呼ばれてる」

「ふーん……ああ、ちょっと待っててくれ。──『鉄壁《ウオウル》』。よし、これでもうしばらくは持つだろ」

洞窟の天井に青い聖光が宿り、軋みが止《や》んだ。

「……何、今の？」

少年がシルバに聞いてきた。

「この洞窟が崩れそうだから、ゴドー聖教の祝福で強化した」

「……『鉄壁《ウオウル》』って何か、戦闘向きじゃなかったっけ……？」

「戦闘向きって、戦闘にしか使っちゃ駄目なんてルールないだろ。さ、それより何で動けないいんだ？」

「……この柱の下には、魔神が眠っているんだ」

「魔神」

「信じてないだろ？」

シルバは首を振った。

「いや、全部聞いてから判断したい。続けてくれ」

「この周辺の村に住んでいたのは、その魔神を封じている一族なんだよ。この柱は魔神を貫いた聖なる杭で、村の人間は元々はこれを崇めていたんだって」

「その言い方だと、君は村の人間じゃないっぽいな」

「村の外れに捨てられてたのを、拾ったんだって。そこの司祭はそう言ってた。俺には、不思議な力があるらしい。――『きれいになれ』」

少年が呟くと、土埃で汚れていたシルバの法衣が、真っ白になっていた。

「おおっ⁉」

「これが俺の力、『六つ言葉《シックス・ワード》』……。六つまでの言葉なら、大抵のことは叶う。今みたいに身体を綺麗にしたり、農作物を実らせたり、地下に眠る魔神に『動くな』って命じたりさ」

少年の言葉はどこか投げやりだった。

少年が神子を務める前までは、一年に一度、村の子どもが魔神に生《い》け贄《にえ》として捧げられていたらしい。

ここには祭壇があり、気がつけば子どもは消えていたのだという。

少年が魔神を封じるようになってからはその犠牲はなくなり、村人達は少年に感謝をしているらしい。

だが、崇められてはいるが、自由はない。

その気になれば逃げ出すことはできるが、そうすると新たな子どもが生け贄になるか、魔神が復活してしまう。

「魔神のことを、魔王討伐軍に伝えて……いや、それはないか」

シルバは首を振った。

この辺りは恐ろしく田舎で、そもそも魔王討伐軍の存在すら知らない可能性が高い。

もしくは言っても、信じてもらえなかったという可能性も考える。

いくらでも推測は可能だが、とにかくこの辺りの村人達は、自分達の子どもを捧げ、少年という神子を立て、魔神の封印を守り抜いていたのだ。

それだけは、間違いがない。

「神に仕える者としてこう言うのもなんだけど、魔神に対して『死ね』ってのは駄目なのか？」

「その手の魂に干渉する言葉は、相手の抵抗が強いんだよ。だから、全能じゃなくて大抵なんだ。それに所詮《しょせん》は言葉だからさ、ずっと効果がある訳じゃない。定期的に命じなきゃ、魔神が復活する」

「……なるほどね、ここを魔族が襲ったのはそういうことか」

シルバは、自分が歩いてきた道を振り返った。

ついさっきまで、外では下級妖魔《レッサーデーモン》との戦闘があったのだ。

これを何とか倒して、シルバはここまで来たのだった。

「さて、どうやって脱出するかを考えようか」

シルバは、その場で胡座を掻いた。

その様子に、少年はちょっと呆れた顔をした。

「なあ、人の話を聞いてた？　俺は動けないんだって」

「だけどこのままだと、君、死ぬぞ。『鉄壁《ウオウル》』も一時しのぎだ。救援が間に合えばいいけど、生き埋めになる可能性は高い。ここで君が死んだら、結局魔神は復活するんじゃないか？」

「じゃあ、どうしろって言うんだよ。全部放ったらかしにして、逃げろっていうのか？」

「だから、考えようって言ってるんだよ。まあ、とりあえず飯だな」

シルバは背負っていたリュックを下ろし、膝の上に置いた。

「この状況で⁉」

「さっき、外で一働《ひとはたら》きして腹減ってるんだよ。あ、君も食うだろ。大したモノはないけど……あ、そうだ『火よ点け』とかやってくれ。飯は温かい方が美味い」

シルバは着替えを取り出した。

燃え種になるのは、これぐらいしかなさそうだ。

洞窟の中でたき火をすると窒息するという話も聞いたことはあるが、まあ一食分ぐらいなんとかなろうだろうとシルバは適当に判断した。

念のため、気絶している人達にも小声で呼び掛けてみたが、やはり起きる気配がない。

自分達も我慢するべきか？　と考えた途端、シルバの腹が鳴った。

うん、無理だ。

とにかく、外でも戦闘があったし、腹が減っているのだ。

「……『火よ点け』。言っとくけど、さすがに何もないところから、食べ物は出せないぞ」

シルバは周りを見渡し、落ちていた少し大きめの石を手に取り、少年に突きつけた。

「『パンになれ』とかは？」

「『パンになれ』……なあ、ちょっと待ってくれ。何で俺より『六つ言葉《シックス・ワード》』使いこなしてんのアンタ？」

「年の功かな。あ、次、水頼む。大気中に水分はあるだろうから、これは余裕だろ」

パンを口にしながら、シルバはリュックから食器を取り出していく。

「……俺がガキなのは確かだけど、そっちだって大人じゃないよな？　『水よ出ろ』。次は何だよ、スープか？」

コップの中を水が満たす。

そしてその水の色が変化し、香ばしい匂いがシルバの鼻をくすぐった。

「なら、この薬草はサラダかな。コショウはどうだ？」

「それは難しいな。『コショウになれ』だと七文字。『コショウなれ』……俺自身が無理があるって思ってる時点で、普通に駄目っぽい」

「そっか。でも、塩と油はいけるならドレッシングが作れる。あとはお茶だ。うんうん、思った以上に豪華になった。周りの人達には内緒にしとこう」

シルバと少年の前には、石や砂から作られたとは思えないような食事が並んでいた。

「あ、しばらく何も食ってなかったのなら、まずはスープからにしろよ。腹がビックリする。パンもスープに付けて柔らかくした方がいい」

言いながら、シルバ自身はパンをモシャモシャ食べていた。

少年も、コップに入ったスープを口にした。

「……美味い」

どこか死んでいたような目に、光が宿った。

「っていうか、こんな便利な力があるんなら、いくらでも美味いもの作れるだろ？」

「この力は『万能たる聖霊』に繋がる神聖なモノだから、くだらないことには使うべきではないって教えられてたんだよ」

少年は、倒れている村人達を見渡した。

シルバは、フォークを軽く振った。

「飯食うのはくだらないことじゃなくて、大事なことだろ。人生で食える飯の回数なんて限られてるんだぞ。だったらできる限り、美味いモノを食うべきだ」

「そういうもん？」

「わざわざ、まずい飯を食う理由がない。誰一人、得をしないだろ」

「……そっか」

少年は、小さく何度も「食事は大事、食べられる回数は限られている」と呟いていた。

食事を終えると、シルバと少年の間にも、どこか弛緩した空気が漂った。

「話を戻すけど、ここから脱出しよう。生き埋めは嫌だろ」

「そりゃそうだけど、さっきも言った通り『六つ言葉《シックス・ワード》』でも、あまり長続きはしないんだ。魔神自体の強さもあるだろうけど、多分声っていう性質の問題もある」

声は、放てば空気に溶けてしまう。

だから、持続時間も短いのだと少年は言った。

「じゃあ、それさえ解決すれば、いいんだな？　一応、方法は思いついたぞ」

「……そりゃさすがに嘘だろ。『六つ言葉《シックス・ワード》』のことをついさっき知ったばかりのアンタに、何ができるんだよ」

シルバは少年の言葉を聞き流し、考えた。

「まず、『動くな』よりも『ここから出るな』……いや、これだと七文字か。『ここを出るな』だな。

四文字より六文字の方が力は強い。違うか？」

「……違わない」

「よし。じゃあコイツだ」

シルバは、さらに残っていたパンを手にした。

「パン？」

シルバは、指でパンの表面を抉った。

「こうやって、『ここを出るな』の六文字を刻もう。ゴドー聖教で使われる、神聖文字がある。その方が効果は高いと思う。その後パンを石に戻して、柱の周囲に設置する。長くは保たないとはいっても、これなら魔王討伐軍への戦闘要請が応えてくれるまで、何とかなるんじゃないか？　魔族が何度も出現して、工作部隊も一戦交えたんだ。魔神の話も信じてもらえるだろう」

「……なあ、もう一回聞くけど、アンタ本当にただの助祭か？」

「ああ、ちょっと実戦経験豊富な、ゴドー聖教の戦場助祭だよ」


柱の周囲に、神聖文字の彫り込まれた石を円環状に突き立てると、石は虹色に光り始めた。

まるで、石自体がエネルギーを発しているように見える。

ただ、放出しているということは、いずれそれが枯渇する可能性もある。

「よし。でも、永続的効果は期待できないだろうから、急いで軍を呼ぼう」

「でも、軍に任せて大丈夫なのか？　相手は魔神だぞ？」

不安そうな少年の頭を、シルバはワシャワシャと掻いた。

「魔王討伐軍は、そういうのを相手にするのが仕事。大体、子ども一人が倒れてぶっ壊れるほど、この世界はヤワじゃない……と思うぞ？」

「最後が疑問形なのが、すごい不安なんだけど」

不満そうに、少年はモサモサになった自分の髪を直しながら言った。

「やれることはやったんだから、後はもう、専門職に任せていいだろ。自分一人で難しいなら、他の人に頼めばいいんだよ。そういうやり方もある。さ、とにかく、これでもう動けるんだろ？ずっと暗いところにいたら身体を悪くする。外に行こう」


その後、二人は洞窟を引き返し、一足先に外に出た。

シルバは、まだ中に村人が残っていることを工作部隊に伝え、さらに魔神のことも説明した。つい先程、下級妖魔《レッサーデーモン》と戦ったばかりだ。部隊の伝令が急いで実戦部隊に戦闘要請を掛けてくれるのを約束してくれ、シルバと少年はようやく一息つくことができた。


そして歳月は経過し……。

空に月が浮かぶ森の中、シルバ達は、倒した山賊や魔術師を縛り上げた。

カナリーにはスミス村に飛んでもらい、シルバ達は増援が来るまで山賊達の見張りである。

「お腹空いたー」

たき火を囲み、ヒイロが仰向けに倒れた。

その腹は、なるほど空腹を訴える音が鳴り響いていた。

そして自分の腰に吊している道具袋をまさぐったが、中から出てくるのは小さな埃ぐらいだ。どうやら手持ちの干し肉も食べ尽くしてしまっていたらしい。

「……うう、こうなったら、石でも食べるしか」

「やめとけ。腹壊すぞ。……ああ、でもまあ食えないこともないけど」

シルバは、何年か前、『六つ言葉《シックス・ワード》』の神子と石を食べたことを思い出した。

ちなみにシルバの外見は、色々あって、ほとんど当時と変わっていない。

少年の方は今は十六、七ぐらいだろうから、出会ったらビックリするかもしれない。逆にこっちは少年を見ても分からないかもなあ……とも思う。

「先輩、食べられる石って、あるの？」

「扱い方次第だな。まあ、今は無理だし、スープぐらいで我慢しといてくれ」

シルバは収納機能のある道具袋から、鍋と水袋を取り出した。

加えて卵や野菜、肉も用意する。

「お肉！」

「……あの、それスープの具だから、そのまま食べちゃ駄目ですよ、ヒイロ」

目を輝かせるヒイロを、タイランが抑えた。

「そして、何よりこれ」

じゃじゃん、とシルバが掲げたそれを見て、キキョウが尻尾を揺らした。

長期保存の生活魔術が施された小瓶には、『コショウ』とあった。

「おお、香辛料《スパイス》とは稀少品であるな！　夜食にしては、何とも豪勢である。どこで手に入れたのであるか？」

「手に入れたというか……まあ、記念的なモノだな」

「記念、であるか？」

「『六つ《シックス》』が『七つ《セブン》』になって、コショウが作れるようになった記念の品だよ」

首を傾げるキキョウ達に、その時の話をしてみるかな、と夜空を見上げるシルバであった。

あとがき

初めましての人は初めまして、そうでない人にはこんにちは。

丘野境界です。

『異性禁止のパーティーを作ってみたけど、ウチのメンバーどこかおかしい。ミルク多めのブラックコーヒー』を手に取っていただき、ありがとうございます。

この作品は十年近く前に書かれたモノなのですが、昨年再始動という形で「小説家になろう」に加筆修正を行ないながらの掲載を始めました。

意外に憶えてくれていた人が多く、作者も驚いています。

特にWEB版のタイトルである『ミルク多めのブラックコーヒー』が他にあまりないタイトルだったこともあり、印象に残っていたようです。

ともあれ、こっちのタイトルで書店に並んでもご新規のお客様は訳分からんでしょうという作者と編集部の見解が一致し、前半タイトルの『異性禁止〜』となった次第です。

その一方で前半のみだと『ミルク多め〜』の読者が気付かない可能性も大きいので、なら両方合わせようという話になった結果、書店で注文する時口頭だと舌を噛みそうなタイトルになりました。

……後半だけだと「カフェオレでしたら隣のカフェで注文お願いします」とか、言われかねないなあ。

ちなみに当時も言われ、再始動してからも言われています「ミルク入ってたらブラックコーヒーじゃないでしょう?」というツッコミですが、これはもう、そういうタイトルなのです。

この作品、多くのキャラクターが出てきますが、メインとなるキャラクターの名前は色をモチーフにしています。

シルバ・ロックール（シルバー（銀））
キキョウ・ナツメ（桔梗（紫））
ヒイロ（緋色（赤））
タイラン（ディアンラン（中国語での藍色））
カナリー（金糸雀《カナリア》色（黄色））

となっており、キャラクターデザインの色合いも、それに寄せて頂きました。
一巻目ではまだ登場していない、まだ名称未定のこのパーティー最後の一人も、このルールに則っています。緑色は癒し。もう少々お待ちください。

また本作は、作者の別の作品『生活魔術師達、ダンジョンに挑む』シリーズと世界観を同じにしており、幾人かのキャラクターは過去に出会っていたり、血縁関係だったり、ニアミスをしていたりします。

本作の主人公シルバも変わった祝福の使い方をしますが、包丁研ぎで武器を強化したり、ロープでモンスターを梱包したりと、あちらの生活魔術師達もなかなか面白い魔術を使います。

今回の書き下ろし短篇に登場した『六つ言葉《シックス・ワード》』とか、キキョウの従姉妹の時空魔術師ソーコ・イナバとかが活躍してたり、共通する単語や組織もありますので、こちらもよろしくお願いします。

本書の出版においては、色んな人のお世話になりました。

宝島社様、担当者様、様々な仕事をしてくださった方々、『生活魔術師達〜』と同じ世界観を繋げてくれたイラストレーターの東西様。

「懐かしい」「まさかの復活」などの感想を送ってくれた古参の読者様、新規の読者様も、もちろん。

この場を借りて、お礼申しあげます。

丘野境界（おかのきょうかい）
大阪府在住。
2012年より小説投稿サイト「小説家になろう」にて執筆を開始。
『生活魔術師達、ダンジョンに挑む』シリーズ（宝島社）にてデビュー。

イラスト **東西**（とうざい）

※本書は、「小説家になろう」（http://syosetu.com/）に掲載されていたものを、改稿のうえ書籍化したものです。
※この物語はフィクションです。作中に同一の名称があった場合でも、実在する人物、団体等とは一切関係ありません。

異性禁止のパーティーを作ってみたけど、ウチのメンバーどこかおかしい。ミルク多めのブラックコーヒー

（いせいきんしのぱーてぃーをつくってみたけど、うちのめんばーどこかおかしい。みるくおおめのぶらっくこーひー）

2019年3月29日　第1刷発行

著者　丘野境界

発行人　蓮見清一
発行所　株式会社 宝島社
〒102-8388　東京都千代田区一番町25番地
電話：営業03（3234）4621／編集03（3239）0599
https://tkj.jp

印刷・製本　中央精版印刷株式会社

ISBN978-4-8002-9209-4